LE NOËL DU VIEUX DRAGON DE LA MONTAGNE

LES SEIGNEURS DRAGONS DE VALDIER TOME 9

S.E. SMITH

montana
PUBLISHING

REMERCIEMENTS

Je voudrais remercier mon mari Steve de croire en moi et d'être assez fier de moi pour me donner le courage de suivre mes rêves. J'aimerais également remercier tout particulièrement ma sœur et meilleure amie, Linda, qui non seulement m'a encouragée à écrire mais a également lu le manuscrit. Et également mes autres amis qui croient en moi : Jennifer, Jasmin, Maria, Rebecca, Gaelle, Angelique, Charlotte, Rocío, Aileen, Julie, Jackie, Lisa, Sally, Elizabeth (Beth), Laurelle, et Narelle. Les filles qui m'aident à continuer !

Et un merci tout particulier à Paul Heitsch, David Brenin, Samantha Cook, Suzanne Elise Freeman, Laura Sophie, Vincent Fallow, Amandine Vincent, et PJ Ochlan, les voix fantastiques derrière mes livres audios !

—S.E. Smith

Le Noël du Vieux Dragon de la Montagne
Les Seigneurs Dragons de Valdier Tome 9
Copyright © 2020 par Susan E. Smith
Publication E-Book en anglais décembre 2015
Publication E-Book en français février 2020
Couverture par : Melody Simmons et Montana Publishing

Résumé : Une déesse extraterrestre offre à un métamorphe dragon difforme une seconde chance de trouver l'amour avec une femme humaine sur Terre qui lui apprend que l'amour peut être trouvé à tout âge.

ISBN: 978-1-952021-03-9 (livre de poche)
ISBN: 978-1-952021-02-2 (eBook)

Publié par Montana Publishing.
{1. Science Fiction Romance. – Fiction. 2. Fantasy Romance. 3. Paranormal Romance}
www.montanapublishinghouse.com

SOMMAIRE

RÉSUMÉ

Une fiction de fête qui vous fera rire aux éclats, pleurer de compassion et vous donnera envie de les soutenir ! Il n'est jamais trop tard pour tomber amoureux.

Né prématurément, Christoff n'a jamais été aussi grand ni aussi fort que les autres jeunes, mais quand la montagne près de la ferme de sa famille se réveille, Christoff est certain d'être le seul à pouvoir la calmer — et pendant longtemps, la montagne resta silencieuse. Christoff a passé des siècles à veiller sur le village qui l'a rejeté, rêvant du jour où il pourrait passer à sa vie suivante.

Quand la montagne se remet à trembler, Christoff sait que son heure est venue. Ce à quoi il ne s'attend pas, c'est l'apparition soudaine de jeunes venus dans l'espoir de sauver quelque chose appelé Noël.

Rien ne peut empêcher la montagne d'entrer en éruption cette fois et Christoff va finalement avoir une nouvelle vie... sur une étrange planète à des années-lumière de chez lui...

Auteur de renommée internationale, S.E. Smith propose une nouvelle histoire d'action pleine de romance et d'aventure. Débordant de l'humour qui la caractérise, de paysages éclatants et de personnages attachants, il est certain que ce livre deviendra un nouveau favori des fans !

Pour ceux qui n'ont pas lu Les Seigneurs Dragons de Valdier, voici un petit résumé.

Les Valdiers sont des métamorphes dragons. Seuls les Valdiers et leurs compagnes peuvent se lier avec les mystérieux et puissants symbiotes dorés qui sont, oui, des créatures symbiotiques et des personnages à part entière ! Chaque Valdier se compose de trois parties : le dragon, l'homme/la femme et leur compagnon symbiotique. Ils sont amis avec les Curizans (une espèce capable de maîtriser l'énergie qui les entoure) et les Sarafins (une espèce de métamorphes chats). Voici un guide des personnages pour ceux qui découvrent la série :

Zoran Reykill,
Dirigeant de Valdier
âme sœur de Abby Tanner :
un fils : Zohar
Symbiote de Zoran : Goldie

Mandra Reykill
âme sœur de Ariel Hamm :

un fils : Jabir
Symbiote de Mandra : Précieux

Kelan Reykill
âme sœur de Trisha Grove :
un fils : Bálint
Symbiote de Kelan : Bio

Trelon Reykill
âme sœur de Cara Truman :
des jumelles : Amber et Jade
Symbiote de Trelon : Symba

Creon Reykill
âme sœur de Carmen Walker :
des jumelles : Spring et Phoenix
Symbiote de Creon : Harvey
Symbiote de Phoenix : Stardust
Symbiote de Spring : Little Bit

Paul Grove
âme sœur de Morian Reykill

Ha'ven Ha'darra,
Prince des Curizans
accouplé à Emma Watson :
une fille : Alice

Cree et Calo Aryeh
âmes sœurs de Melina Franklin :
une fille : Hope

Vox d'Rojah,
Roi des Sarafins
accouplé à Riley St. Claire :

un fils : Roam

Viper d'Rojah
accouplé à Tina St. Claire

Asim
âme sœur de Pearl St. Claire

Aikaterina : espèce inconnue ; considérée comme une déesse par les Valdiers, elle est la plus âgée et la plus puissante de son espèce.

Arilla et Arosa : espèce inconnue ; encore jeunes pour leur espèce, elles sont jumelles et considérées comme des déesses.

J'espère que vous aimerez l'histoire de Christoff et Edna. Je n'avais pas prévu de l'écrire, cela s'est simplement imposé à moi. Quand je l'ai commencée, j'ai su qu'il fallait que je finisse. Je crois que j'ai plus ri et pleuré au cours de cette histoire que dans aucune autre de mes histoires. C'était des larmes de joie. Si vous êtes comme moi, vous aurez besoin d'une boîte de mouchoirs pour cette histoire !

PROLOGUE

lusieurs siècles plus tôt :

Christoff ignora les jeunes garçons et les jeunes filles du village quand il le traversa en courant. Plusieurs d'entre eux s'arrêtèrent pour le montrer du doigt et se moquer de lui. Il était presque deux fois plus petit qu'eux alors qu'il avait le même âge. Il était né prématurément et n'avait jamais vraiment rattrapé son retard sur les autres.

— Lemar, attends ! cria Christoff à son frère aîné.

Ce dernier grimaça en le regardant par-dessus son épaule.

— Rentre à la maison ! lui ordonna-t-il.

— Mais père m'a dit de t'aider à ramener les objets dont il a besoin pour réparer le système d'irrigation, dit Christoff.

Lemar s'arrêta et pivota sur ses talons d'un air furibond pour faire face à son frère. Bien que Christoff eût l'habitude que son grand frère soit fâché contre lui, cela le dérangeait quand même. Il essayait cependant de ne pas le montrer car cela ne ferait qu'accroître la méchanceté de Lemar à son égard.

— Rentre à la maison, Christoff, répondit cruellement Lemar. Je ne veux pas être vu avec toi.

— Mais, commença-t-il à protester.

Il déglutit quand Lemar le poussa en arrière avec assez de force pour le faire tomber. Il leva les yeux vers son frère aîné et tenta de ne pas lui montrer à quel point cela le blessait. En arrière-plan, il entendit les jeunes du village ricaner et l'insulter encore plus.

— Je t'ai dit de rentrer à la maison, lança sèchement Lemar. Tu te ridiculises. Je ne veux pas que les autres pensent que je suis comme toi, faible, inapte à être un guerrier.

— Je ne suis pas faible, protesta Christoff. J'aide à la ferme pendant que tu pourchasses les femelles.

Il grimaça à la vue de la rage qui brilla dans les yeux de Lemar. Son dragon et son symbiote sentirent que son frère était sur le point de perdre le contrôle une fois de plus. Christoff laissa son dragon sortir lorsqu'il vit son frère se transformer. Son symbiote forma une fine armure autour de lui. Il était, comme son dragon et lui, plus petit et plus faible que la plupart de ceux des autres garçons.

Il roula pour se relever seulement quelques secondes avant que Lemar ne se jette sur lui. Le coup qu'il lui porta en plein torse fut douloureux et le vida de son air. Il savait qu'il lui serait impossible de vaincre son frère. La seule chose qu'il pouvait faire, c'était essayer de se protéger autant que possible de la raclée qu'il était sur le point de recevoir.

Lemar ! Père m'a dit de venir t'aider. S'il te plaît, ne sois pas fâché, murmura-t-il, essayant de calmer son frère quand il le frappa de nouveau, cette fois à la patte avant gauche.

Tu n'écoutes jamais ! Tu es faible et inutile, Christoff ! Tu ne devrais même pas vivre, grogna Lemar en frappant de nouveau son frère avec sa queue, lui laissant une longue série de marques dans le dos.

C'est pas vrai, j'écoute, se défendit Christoff. *J'écoute mère et père. Ils ne pensent pas que je suis faible et inutile.*

Il grimaça quand son frère lui mit un coup de queue dans la mâchoire. La force du coup le fit tournoyer. Un cri rauque lui échappa lorsque Lemar prit une de ses ailes déformées entre ses dents acérées et mordit.

Son dragon réagit en enroulant sa queue autour de la cheville gauche de Lemar avant de tirer dessus tout en se jetant en arrière afin de faire cesser la douleur. Ce double mouvement fit tomber les deux dragons. Christoff roula immédiatement quand il sentit Lemar lâcher son aile afin de protéger son dos. Des larmes roulaient le long de ses joues tandis qu'il s'efforçait de se libérer avant de se relever en tremblant.

Il se tordit de peur et lança son pied vers son frère quand il lui attrapa la patte. Un hurlement de douleur lui échappa quand Lemar enfonça ses griffes acérées dans son mollet. Christoff sentit une vague de panique quand sa patte se déroba sous lui, le faisant retomber par terre.

Lemar profita de sa faiblesse pour rouler sur lui. Les griffes pointues qui se trouvaient dans son mollet un instant plus tôt s'enfonçaient à présent dans sa gorge, l'asphyxiant. Il se débattit faiblement pour repousser Lemar, mais c'était inutile. Son frère l'emportait largement sur lui.

Christoff était certain que Lemar ne s'arrêterait pas cette fois. Son frère aîné avait honte de lui, il le savait, mais il n'aurait jamais cru qu'il irait jusqu'à le tuer par frustration et par honte. Luttant pour reprendre son souffle, il leva les yeux et vit la haine qui brûlait dans ceux de Lemar.

Non, cette fois mon frère ne s'arrêtera pas, pensa Christoff, résigné, alors que des points noirs commençaient à obscurcir sa vision.

Lemar avait peut-être raison. Il aurait peut-être été préférable qu'il meure lorsqu'il n'était qu'un nourrisson.

— Lemar, arrête ! ordonna l'un des vieux guerriers. Lâche immédiatement ton frère.

Christoff était certain que Lemar n'aurait pas écouté l'ordre de l'ancien si le symbiote de celui-ci ne lui avait pas grogné pas dessus. Son frère lui lança un dernier regard haineux avant de le lâcher et de s'éloigner brusquement, se retransformant en sa forme bipède alors qu'il s'éloignait du corps affaissé de Christoff.

— Il ne devrait pas être en vie, grogna Lemar avec colère en agitant la main. Il est faible, pathétique ! Il ne peut pas protéger notre village et il ne sera jamais assez bien pour trouver une compagne.

— Je sais, mais ce n'est pas à toi de le tuer, déclara l'ancien. C'est à ton père.

Christoff se transforma et se retourna jusqu'à être assis. Il essuya les larmes sur ses joues d'un geste frustré. Il savait que Lemar le détestait encore plus quand il pleurait.

— J'aide père, se défendit Christoff en se frottant le nez contre son bras. Je travaille dur.

L'ancien se tourna pour le regarder avec dégoût.

— Tu ne seras jamais apte à être un guerrier, petit. Tu crois aider tes parents, mais ils te donnent des corvées qui ne conviennent même pas à une femelle.

Christoff essuya les nouvelles larmes qui coulèrent sur son visage quand les villageois assemblés ricanèrent et opinèrent de la tête. Il se mit debout en chancelant avant de serrer les poings le long de son corps et de lever la tête. Son père et sa mère savaient qu'il n'était pas faible. Ils lui disaient chaque jour combien il leur était précieux. Il travaillait dur à leurs côtés dans les champs pendant que Lemar allait au village pour lutter avec les autres garçons et faire du charme aux femelles. Il devenait plus fort chaque jour. Oui, ses ailes ne lui permettraient sans doute jamais de voler, mais il pouvait tout de même se transformer en dragon et se battre. Son père lui enseignait comment faire et un jour, il vaincrait Lemar et montrerait à son grand frère qu'il pouvait défendre le village si nécessaire.

— Ce n'est pas vrai, murmura Christoff en fixant l'ancien, la tête haute. Le pain que vous mangez vient de nos champs. Je travaille avec mon père et ma mère pour planter, faire pousser et récolter les céréales qui servent à le faire. Je suis pas faible !

Le mâle plissa les yeux en guise d'avertissement.

— Change de ton avec moi, mon garçon, ou je finirai ce que ton frère a commencé, grogna l'ancien. Prends ce que tu es venu chercher et rentre chez toi. Je parlerai à ton père des perturbations qui ont eu lieu aujourd'hui.

Christoff voulut protester mais son dragon et son symbiote le pressèrent tous les deux de se taire. Pivotant maladroitement sur ses talons, il ignora les rires tandis qu'il se frayait un chemin vers l'atelier de ferronnerie. Il prendrait les pièces dont son père avait besoin et rentrerait chez lui. Il savait que Lemar ne rentrerait pas avant la tombée de la nuit.

— Tu aurais dû le tuer, Lemar, dit l'une des jeunes filles juste assez fort pour qu'il l'entende. Tu es si fort. Je n'arrive pas à croire que tu aies un frère comme Christoff.

Ce dernier ignora la vague de douleur qui l'envahit en entendant ces mots blessants. Il montrerait à tous qu'il était fort et alors la déesse baisserait les yeux vers lui et les comblerait, son dragon, son symbiote et lui.

∼

Deux mois plus tard :

Christoff essuya la sueur de son front et sourit à sa mère. Elle apportait un seau d'eau pour son père et lui. Elle vacilla sous son poids quand le sol trembla. Il lâcha la binette dont il se servait pour enlever les mauvaises herbes et courut vers elle pour l'aider.

— Laisse-moi te débarrasser, dit-il en prenant doucement du seau.

— Où est Lemar ? demanda-t-elle, regardant les alentours en fronçant les sourcils. Il était censé t'aider.

Christoff haussa les épaules. Depuis ce jour au village, il avait évité Lemar autant que possible. Ce n'était pas si difficile. Son frère ne faisait pratiquement plus rien à la ferme, préférant passer son temps au village.

— La montagne gronde plus que d'habitude, dit-il plutôt avant de se pencher pour prendre la louche et la remplir d'eau.

— Christoff, appela son père en levant les yeux vers la montagne. Prends les outils et rentre à la maison. Mon dragon me prévient que nous devons partir.

— Mais les champs sont presque prêts pour la récolte, protesta Christoff en regardant le champ de céréales dorées. Ça va sûrement s'arrêter comme les autres fois.

Christoff regarda son père parcourir rapidement le rang pour les rejoindre. Il y avait une certaine détermination et... de la peur dans ses yeux. Il avait déjà vu la détermination, mais la peur ? C'était nouveau. Il n'avait jamais vu son père avoir peur de quoi que ce soit. Ce dernier passa un bras autour de la taille de sa mère et commença à l'entraîner vers la maison.

— Viens, nous devons aller au village, dit Tallon d'une voix pressante.

— Christoff, appela sa mère en regardant par-dessus son épaule.

— J'arrive, mère, répondit-il avant de prendre le seau et de le vider de son eau.

Il se tourna et leur emboîta le pas avant de pousser un juron. Il avait oublié la binette.

— Allez-y ! J'arrive tout de suite.

Christoff fit demi-tour et se dépêcha d'aller prendre la binette qu'il avait laissé tomber. Il trébucha et mit un genou à terre quand le sol trembla violemment sous ses pieds. Il se releva vivement et leva les yeux vers la montagne qui bordait la partie nord-ouest de la vallée. Un panache régulier de fumée s'en élevait et une fine pluie de cendres commençait à se déverser sur la vallée, la recouvrant d'une pellicule grise.

Il ravala sa peur, tourna les talons et retraversa le champ à la hâte. Il tomba plusieurs fois avant d'atteindre l'extrémité qui débouchait sur la maison. Son symbiote émergea du champ, le cherchant désespérément.

Montagne fâchée, siffla son dragon. *Je sens danger.*

Je sais, répondit Christoff en regardant par-dessus son épaule lorsqu'il entendit un grondement sourd. *Père le sent aussi.*

Christoff avait presque atteint la maison quand une puissante explosion ébranla la vallée. La force du souffle le projeta à terre. Il leva les yeux juste à temps pour voir un énorme rocher de la taille d'un guerrier adulte fendre l'air avant de disparaître à travers le toit de sa maison. Christoff cligna des yeux en voyant son frère sortir en titubant de la maison en feu

— Père ! Mère ! cria Christoff en essayant de se lever. Père ! répéta-t-il, apeuré et perdu.

— Christoff ! cria Tallon près de la grange.

Il se tourna et vit son père se lever lentement avec l'aide de sa mère. Du sang coulait d'un côté de son visage et un long et fin morceau de bois était fiché dans sa cuisse gauche. Le regard étourdi de Christoff passa d'une partie détruite de la grange à son père.

— Ton symbiote, murmura-t-il. Il est où ?

— Je l'ai envoyé au village ce matin avec un chargement de céréales, marmonna douloureusement Tallon. Il arrive.

— Père ! Mère ! Nous devons partir, cria Lemar, levant une main à sa tête et la secouant tout en venant vers eux en chancelant.

Tout autour d'eux, des pierres de petite et moyenne taille tombaient sur le sol telles des gouttes de pluie. Christoff grimaça quand plusieurs pierres un peu plus grosses le touchèrent à la tête. Il leva une main pour toucher un endroit près de sa tempe et fut surpris de sentir une humidité chaude.

— Christoff, tu saignes, cria sa mère avec désarroi tout en vacillant sous le poids de son compagnon.

— Mère, nous devons partir, dit Lemar d'une voix dure en lui attrapant le bras quand elle s'avança vers Christoff.

— Nous devons l'aider, dit Tallon en grimaçant tout en regardant son fils aîné. On peut le porter ensemble, toi et moi.

— Laissez-le, exigea Lemar en regardant Christoff avec colère. S'il ne peut pas voler, laissez-le courir.

— Lemar, murmura leur mère, bouleversée. Tu sais que Christoff ne peut pas voler. Aide ton père à le porter. Je vous suivrai avec son symbiote.

— Non ! Il n'aurait pas dû vivre ! Laissez la déesse le prendre. Il est faible, protesta Lemar tandis que son symbiote lui créait une protection quand la cendre brûlante commença à déclencher de petits feux. Vous l'avez toujours protégé. Maintenant il est temps de vous protégez vous-mêmes. Venez avec moi.

— Non ! cria Tasmay en dégageant son bras. Tu as toujours traité Christoff comme s'il ne valait rien alors qu'en vérité, c'est *toi* qui ne vaux rien. Aucun guerrier n'abandonnerait quelqu'un de plus faible, murmura-t-elle tandis que des larmes striaient ses joues sales. Nous avons besoin de ton aide, Lemar. Je t'en supplie.

Le visage de Lemar se tordit quand Tallon se tourna pour le regarder fixement. Christoff était sur le point de dire à ses parents que Lemar avait peut-être raison, que c'était peut-être la façon qu'avait la déesse de lui dire qu'il n'aurait pas dû vivre, quand une nouvelle explosion, plus forte encore que la précédente, les fit tous tomber par terre. Le visage de Christoff refléta sa peur quand il vit une faille apparaître le long de la vallée et s'étendre vers eux.

— Envolez-vous ! cria Lemar, terrorisé, en se transformant.

— Lemar ! rugit douloureusement Tallon en se tournant quand son fils aîné s'éleva dans le ciel chargé de cendres. Lemar !

— Père, dit Christoff d'une voix douce empreinte de résignation. Vas-y. Prends mère et partez. Lemar et les autres ont raison. Si je ne peux pas survivre seul, c'est la façon qu'a la déesse de montrer que je suis trop faible.

Tallon se tourna pour regarder le visage de son fils cadet. Il y lut l'acceptation de l'idée qu'il ne survivrait pas. Refusant de croire qu'un garçon avec tant de cœur ne pouvait pas non plus être un puissant guerrier, il se transforma malgré l'éclat de bois fiché dans sa cuisse.

Christoff pivota pour regarder son père s'envoler. Un instant plus tard, sa mère se transforma et s'envola à son tour. Il leva une main en signe d'adieu et hoqueta de surprise quand le dragon de son père tendit la patte en enroula ses griffes autour de son poignet.

— Non, père ! protesta Christoff en levant son autre main afin d'essayer de se libérer. Il hoqueta de nouveau quand sa mère attrapa son autre poignet de ses griffes.

— Mère ! Je suis trop lourd, surtout avec la blessure de père. Laisse-moi et occupe-toi de lui.

Christoff tenta de les arrêter, mais ils ne cédèrent pas. Il sentit ses pieds quitter le sol. Il courut du mieux qu'il put sous eux tandis qu'ils battaient frénétiquement des ailes.

— Laissez-moi, je vous en supplie, cria Christoff en voyant les petits trous qui commençaient à apparaître dans les ailes des dragons de ses parents.

Leurs symbiotes avaient beau essayer de les guérir aussi vite qu'ils le pouvaient, de nouveaux trous ne cessaient d'apparaître.

— Je vous en supplie !

Il cria quand un grand morceau de débris enflammé tomba du ciel et brisa l'une des ailes de sa mère. Il la regarda, horrifié, tomber au sol. Son père, incapable de supporter seul son poids avec ses blessures, fut obligé de le lâcher tandis qu'il s'efforçait de rejoindre sa compagne blessée.

Christoff heurta le sol de plein fouet et roula. Il leva les yeux et sauta sur ses pieds quand il vit son père atterrir près de sa mère. Il les avait presque rejoints quand le sol trembla une fois encore. Son père le regarda avec une expression de regret tout en serrant sa compagne dans ses bras.

— Je t'aime, mon fils, dit Tallon d'une voix entrecoupée en serrant le corps mou de sa compagne contre lui. Tu as toujours été un véritable guerrier à nos yeux.

— Non ! murmura Christoff quand le sol se désintégra autour de ses parents. NON ! cria-t-il, se jetant en avant, la main tendue vers eux, quand ils disparurent dans la fissure. NON ! Je vous en supplie, déesse, non ! cria-t-il en sanglotant, les yeux rivés sur l'abîme profond.

Il roula sur le dos et fixa la montagne. Il ignora les braises brûlantes de la cendre qui transperçaient ses vêtements. Il ne sentait plus la douleur de la pluie de pierres et des cendres brûlantes qui continuaient de tomber autour de lui. Il ne sentait même plus la brûlure de la fumée des nombreux feux. Les yeux rivés sur la montagne, il sut qu'il devait la calmer. Il croyait également qu'il était le seul à pouvoir le faire.

Il se releva et appela son dragon et son symbiote. Il se transforma, sachant qu'il ne pouvait pas voler jusqu'au sommet de la montagne et lui demander d'accepter de prendre sa vie en échange de celles des villageois. Il se contenta de prendre une profonde inspiration et se mit à courir. Il courut sous la pluie de cendres. Il courut sous la pluie de pierres. Il sauta par-dessus la profonde fissure qui s'étendait à travers la vallée. Plus il s'approchait de la montagne, plus elle se calmait.

Quand il arriva à la base, il commença à escalader. Il monta de plus en plus haut avec une détermination et une concentration qui défiaient son infirmité et son air de fragilité. Ses griffes saignaient en raison de nombreuses entailles, mais Christoff les ignora également. Quand son dragon ne pouvait pas escalader, il se transformait et continuait sous sa forme bipède. Son symbiote l'aidait, se transformant en corde quand il en avait besoin et guérissant les plus profondes entailles afin qu'il puisse continuer. Lorsqu'il atteignit le sommet, la montagne était redevenue calme.

Christoff s'arrêta sur une large corniche et baissa les yeux vers la vallée, le village et sa maison, tous détruits. Une vague de profond chagrin l'envahit. Incapable de contenir sa douleur, il renversa la tête en arrière et rugit. Au loin, les villageois qui avaient fui se tournèrent dans la direction de ce son. Ils entendirent tous le terrible chagrin dans ce cri tourmenté et virent le petit garçon-dragon frêle debout au sommet de la montagne. L'espace d'un instant, une lueur dorée l'enveloppa, le transformant en un puissant guerrier, avant qu'il ne tourne les talons et ne disparaisse dans la montagne redevenue calme.

1

*D*ans le présent :

Christoff soupira en sentant la montagne gronder. Son activité interne n'avait fait que se renforcer chaque jour au cours des derniers mois. Il avait parcouru les nombreux tunnels de lave qui s'étaient créés au cours des siècles pour vérifier ce qui se passait. Il les connaissait tous par cœur depuis qu'il avait fui au sommet de la montagne quand il n'était qu'un jeune garçon.

Ses doigts tombèrent le long de ses flancs et il caressa doucement le symbiote doré pressé contre sa jambe. Son symbiote et son dragon avaient été ses seuls compagnons au cours de ces longues années solitaires. Il avait plusieurs fois essayé de renvoyer son symbiote à la Ruche où il avait été créé, mais son compagnon avait à chaque fois refusé de l'abandonner, sachant que le faire reviendrait à les condamner, son dragon et lui, à une mort certaine.

— Tu devrais y aller, lui murmura-t-il affectueusement. Il nous reste peu de temps, à mon dragon et moi.

Des images des moments où ils avaient escaladé pendant des

heures pour trouver une vue particulièrement belle de la vallée loin en contrebas lui traversèrent l'esprit. Il y avait eu d'autres fois où son symbiote était descendu en douce dans la vallée et leur avait ramené, à son dragon et lui, une friandise spéciale ou de nouveaux vêtements, amenant des villageois innocents à se demander ce qui était arrivé à leurs affaires. Une brûlure inhabituelle lui monta aux yeux à la vue des souvenirs vifs des jours passés ensemble.

— Je veux que tu…

Christoff secoua la tête et dépassa le symbiote afin de s'approcher de l'ouverture de sa grotte. Il déglutit difficilement et baissa les yeux vers la créature dorée qui lui avait été offerte à la naissance par la déesse.

— Je veux que tu me promettes que tu partiras avant que la montagne se réveille de nouveau. J'ai peur de ne pas pouvoir la calmer cette fois. J'ai besoin de savoir que tu es en sécurité. Mon dragon et moi on en a tous les deux besoin, mon ami.

Christoff se retourna lorsqu'il entendit un son étrange et inconnu porté par le vent. Il pencha la tête, fronça les sourcils et se concentra. Cela ressemblait à… des petits, de très, très jeunes petits. Ses lèvres esquissèrent un sourire étonnamment amusé lorsqu'il comprit ce qu'ils disaient.

— Ze suis fatiguée, se plaignit une petite fille d'un ton légèrement grognon. Ze vais plus me plaindre quand maman dira que c'est l'heure de la sieste.

— Moi z'aussi, dit l'autre fillette. Z'espère qu'il est de bonne humeur.

Christoff s'agenouilla et jeta un coup d'œil vers le bord de la corniche quand un petit corps puis un autre arrivèrent sur le côté. Il observa, curieux, l'une des fillettes rouler pour se lever et mettre ses minuscules mains sur ses hanches. Il parvint à apercevoir son froncement de sourcils avant qu'elle ne lui tourne le dos. Elle n'était de toute évidence pas très contente.

— Qui ? demanda-t-elle en regardant l'autre petite fille escalader et tirer un sac devant elle.

— Le vieux dragon, répondit la fillette d'un ton exaspéré. Parce que ze vais peut-être faire comme papa et le menacer de le tabasser s'il est pas de bonne humeur.

Christoff réprima un petit rire et secoua la tête. Il se tourna et arqua un sourcil en regardant son symbiote tapi à côté de lui. Il avait la forme d'un grand tigre-garou. Il devait aimer ce qu'il voyait car sa queue remuait comme s'il était ravi.

Il se retourna pour fixer les petites filles. Ses doigts s'agrippèrent à la paroi rocheuse à côté de lui quand la montagne trembla violemment.

La petite fille avec le sac se leva au moment où la montagne se mit à trembler. Elle avança d'un pas avant de tomber en arrière vers le bord de la corniche. Il sut immédiatement qu'elle serait incapable d'arrêter sa chute par-dessus bord. Il se leva et s'élança en avant avec une vitesse et une agilité nées de siècles passés à escalader les pentes abruptes de la montagne.

Il tendit la main par-dessus une des fillettes pour attraper l'autre. Sa main s'enroula autour du minuscule poignet et il la prit dans ses bras en faisant attention à ne pas lui faire de mal. Il tendait la main vers l'autre petite fille quand leurs grands cris transpercèrent l'air. Avec un soupir résigné, Christoff prit conscience que peu de choses avaient changé au fil des ans.

Christoff essaya de détendre son expression sévère. Il ne put s'empêcher d'admettre qu'il avait été si fasciné de voir les deux silhouettes inattendues et d'écouter ce qu'elles disaient qu'il avait oublié la situation dangereuse dans laquelle elles se trouvaient. Il avait été terrifié en voyant l'une des petites filles manquer de tomber vers ce qui aurait été une mort certaine. Il baissa les yeux vers le jeune visage effrayé et essaya de mettre des mots sur ses pensées. Il pencha la tête et acquiesça quand l'une d'elles parla.

— Vous z'êtes le vieux dragon, hein ? demanda la première petite fille à avoir escaladé le rebord de la corniche. Alors ? Vous z'êtes lui ?

— Oui, j'imagine que oui, répondit Christoff d'une voix éraillée. Vous êtes qui et vous faites quoi sur ma montagne ?

— Elle c'est Amber et moi c'est Jade, répondit la petite fille dans ses bras d'un ton légèrement supérieur. On a plus d'énerzie que les z'autres alors on est venues pour vous trouver.

— Ouais, on a besoin de votre aide, ajouta Amber.

— Vous devriez pas être là, dit Christoff en se penchant afin de pouvoir poser Jade. Où sont vos parents ?

— Y sont à la maison, répondit Jade en fronçant les sourcils. Y faut que vous venez aider nos z'amis. Ils se sont fait mal.

— Ils se sont pas tous fait mal, la corrigea Amber.

— Combien ? demanda Christoff, inquiet, en faisant signe à son symbiote de se transformer et de localiser les autres jeunes.

Amber le regarda en levant les yeux au ciel et secoua la tête.

— On sait pas parce qu'on sait pas encore compter, grommela-t-elle.

— Y a Zohar et Bálint et Jabir et Alice et Roam et Spring et Phoenix et nous, dit Jade en fronçant les sourcils. Ze crois que c'est nous tous.

— Allez dans la grotte, ordonna Christoff en s'avançant au bord de la corniche. Allez-y et n'en sortez pas. Je reviens très vite avec vos amis.

Il vit les deux fillettes hocher la tête et se tourner pour s'élancer vers son chez-lui. Il fut envahi par la peur à l'idée que même là, elles ne seraient pas en sécurité très longtemps. Les secousses étaient de plus en plus rapprochées. Il ne pouvait qu'espérer que les autres jeunes seraient sains et saufs jusqu'à ce qu'il puisse les récupérer. Il ne savait pas ce qu'il ferait après cela.

Christoff se concentra sur son symbiote. Il avait localisé plusieurs jeunes et descendait vers plusieurs autres. Il calcula soigneusement où il devait poser les pieds et s'agrippa pour garder l'équilibre. Après quelques minutes, il arriva à l'endroit où une jeune fille aux cheveux blond clair était assise à côté du corps immobile d'une jeune panthère. Un autre garçon et une fille aux cheveux foncés étaient assis de façon protectrice de chaque côté.

Christoff n'avait jamais vu de petit sarafin en personne mais il en avait vu des images. Ces jeunes ne cessaient de le surprendre, se dit-il en sautant sur l'étroite corniche. Son regard se posa sur le bébé panthère inconscient. Il remarqua rapidement les pattes ensanglantées et la queue tordue du garçon.

— Vous pouvez faire arrêter la montagne de trembler, s'y vous plaît ? demanda la fillette d'une voix tremblante. Ça fait peur.

Christoff la regarda continuer de caresser tendrement la petite tête recouverte de fourrure qui reposait sur ses genoux. Il déglutit devant l'amour et la peur dans les yeux de la petite fille. La seule à l'avoir jamais regardé de cette façon était sa mère.

— L'est blessé ? demanda Christoff d'une voix rauque.

— Oui. Il a essayé d'aider Jabir, murmura-t-elle. Ze croyais que Roam allait mourir. Il sait pas encore, mais on va touzours être ensemble. C'est la déesse qui m'a montré.

Christoff fixa un instant le couple avant de hocher la tête. Il regarda par-dessus son épaule en direction du bord de la falaise, tourna les talons et s'en approcha. Il s'agenouilla et regarda en bas ; trois autres jeunes se trouvaient sur une corniche légèrement en contrebas. Il s'agrippa au rebord quand la montagne trembla de nouveau, faisant tomber de petites pierres sur le groupe en-dessous.

— Bougez pas, ordonna-t-il en appelant son symbiote.

Ils allaient devoir faire vite. Il devait mettre les jeunes en sécurité. Il pouvait les emmener au sommet de la montagne et demander à son symbiote de les transporter au village. Cela prendrait cependant un temps précieux qu'il n'était pas certain d'avoir. Christoff se concentra sur l'immense aigle doré dont son symbiote avait pris l'apparence quand il apparut entre les nuages. Sur un ordre silencieux, il descendit et atterrit au-dessus des enfants. Le symbiote étendit ses ailes dans un geste protecteur afin de les protéger des chutes de pierres.

Convaincu que les petits étaient pour l'instant en sécurité, il se tourna et descendit rapidement jusqu'à la corniche inférieure. Il arqua un sourcil et sourit d'un air amusé quand les deux jeunes mâles lui grognèrent dessus lorsqu'il s'approcha et s'agenouilla à côté de la femelle. Elle semblait si petite et fragile qu'il hésita un instant avant de la toucher.

Ses doigts frôlèrent les mèches blanches quand il caressa doucement sa joue pâle.

— Il s'est passé quoi ? demanda-t-il d'une voix bourrue en se retournant pour regarder les deux garçons.

— Elle m'a sauvé, répondit l'un des petits garçons d'une voix tremblante de peur et d'épuisement. C'était trop pour elle. Elle s'est endormie et veut pas se réveiller.

Christoff hocha la tête avant de se pencher pour prendre délicatement le petit corps dans ses bras. Il s'arrêta, surpris, quand l'un des petits garçons se redressa et appuya sa petite main contre son torse. Son regard croisa celui, sérieux, du garçon. La pointe d'avertissement qu'il y vit était limpide.

— Vous z'avez pas intérêt à lui faire du mal. Ze suis le protecteur d'Alice, grogna le jeune.

Christoff ne put se retenir de sourire. Il inclina la tête et se leva. Il ne savait pas d'où venaient ces jeunes, mais il ne faisait aucun doute qu'ils étaient très protecteurs les uns envers les autres.

— Sois rassuré, jeune guerrier. Je ferai pas de mal à ta protégée, promit Christoff d'un ton marquant sa détermination à tenir parole.

Décidant que sa grotte était pour l'instant l'endroit le plus sûr pour eux, il s'agenouilla à nouveau et fit un signe de tête aux deux garçons. Il devait les soigner afin de pouvoir leur faire quitter la montagne. Il n'était pas certain de savoir exactement comment accomplir cela, mais il trouverait une solution ou mourrait en essayant.

— Grimpez sur mon dos et accrochez-vous, leur ordonna-t-il avant de se transformer en son dragon.

Les deux garçons s'agrippèrent à ses courtes ailes alors que Christoff s'accrochait à la surface rocheuse inégale et commençait à escalader en ne se servant que d'une patte avant, de ses pattes arrière et de sa queue pour se stabiliser. Lorsqu'il arriva sur la corniche supérieure, il ordonna à son symbiote de se transformer en un petit véhicule cette fois. Il déposa la toute petite fille sur le siège tandis que les deux garçons descendaient de son dos afin de pouvoir s'asseoir à côté d'elle.

Il ne perdit pas de temps. Il se pencha et souleva délicatement le petit sarafin. Sa main caressa instinctivement la tête du bébé panthère quand il gémit et se tourna pour le regarder avec des yeux effrayés. Il déglutit avant de sourire au petit d'une façon qu'il espérait rassurante tandis qu'il le déposait délicatement dans le véhicule lui aussi. Il se tourna pour aider les autres à s'y installer. Son symbiote ne pouvait pas faire plus pour accueillir les petits.

— Emmène-les à la grotte, ordonna-t-il d'une voix sévère en reculant.

— Et vous ? demanda l'un des garçons en fronçant les sourcils. Vous devez venir vous z'aussi.

— Mon symbiote est pas aussi grand que celui de la plupart des guerriers, expliqua Christoff alors même qu'il commençait à se détourner. Je vais escalader. C'est pas loin. Allez-y, maintenant.

andis qu'il escaladait, Christoff prit conscience que personne ne serait en sécurité tant qu'ils resteraient à proximité de la montagne. Il ne pouvait pas ordonner à son symbiote de les emmener au village. Il allait devoir les emmener plus loin encore. Il regarda en bas par-dessus son épaule et s'agrippa à la surface rocheuse quand la montagne gronda de nouveau. Il ne savait pas si son symbiote pourrait porter deux petits de plus, mais il n'aurait peut-être pas le choix. Jamais il n'abandonnerait l'un d'eux.

Il ne mit pas longtemps à escalader jusqu'à la corniche qui menait à sa grotte. Il se hissa rapidement sur la saillie rocheuse. Après s'être mis debout, il entra à grands pas dans l'intérieur sombre qu'il appelait son chez-lui. Il avait ordonné à son symbiote de commencer immédiatement à guérir les petits dès qu'ils seraient en sécurité à l'intérieur. Il n'était pas certain qu'il en soit capable car il était plus petit que la plupart des symbiotes offerts aux guerriers, mais il savait qu'il ferait de son mieux.

Christoff s'arrêta brusquement et regarda avec stupéfaction ce qui aurait dû être un endroit sombre et désolé. Il n'avait jamais fait grand-chose à l'intérieur de la grotte. C'était là qu'il dormait, mangeait et lisait. Il n'avait jamais ressenti le besoin de la décorer. Il vivait au sommet de la montagne avec la vue magnifique sur la vallée loin en contrebas et les nuages au-dessus.

Il était maintenant figé en plein mouvement et essayait désespérément d'appréhender la transformation à l'intérieur des parois sombres de la grotte. Avançant lentement, il regarda avec émerveillement les douzaines de lumières colorées suspendues maladroitement le long des parois rugueuses. Le moindre recoin de la grotte était éclairé par les lumières aux couleurs vives alimentées par des batteries.

Son regard fit le tour de la pièce, s'arrêtant sur l'unique table qui lui servait pour tout, de la sculpture à la lecture aux repas. Un petit arbre à l'air piteux avec des boules colorées se trouvait au centre. Il penchait à un angle étrange et semblait avoir connu des jours meilleurs.

Un peu comme moi, ne put-il s'empêcher de penser distraitement.

Il s'avança, ses doigts glissant sur l'une des boules colorées accrochées à l'arbre avant de toucher une boîte aux couleurs vives. À côté, dans une assiette ébréchée que son symbiote avait ramenée un jour, se trouvait une pile de friandises. Il prit l'assiette et la renifla.

Son esprit le ramena presque immédiatement à un souvenir de lui dans la cuisine avec sa mère. Il l'avait suppliée de le laisser l'aider, lui promettant de ne pas la gêner. Il se souvenait de son rire tandis qu'elle lui montrait avec soin comment mélanger les ingrédients. Après quoi ils s'étaient assis sous le grand arbre avec son père et avait mangé les friandises avec du lait chaud.

— C'est quoi ? demanda-t-il en regardant autour de lui, perplexe.

Les deux premières fillettes qu'il avait sauvées lui sourirent.

— On vous a apporté Noël pour que vous le volez pas, l'informa l'une d'elles.

Christoff continua à regarder autour de lui tout en écoutant les enfants lui expliquer ce qu'était Noël quand il leur dit ne pas savoir de quoi il s'agissait. Plus ils parlaient, plus il lui était difficile de voir et de parler. Ils parlaient d'amour et d'amitié. Ils parlaient d'accepter ceux qui étaient différents. Sa vision se troubla quand l'une des petites filles se transforma. Elle était la créature la plus insolite et magnifique qu'il avait jamais vue avec ses longues plumes noires et ses yeux qui exprimaient une grande vieillesse. Il déglutit et ouvrit la bouche pour parler quand il entendit une voix appeler désespérément l'un des jeunes à l'extérieur de sa grotte. Elle fut bientôt suivie par d'autres voix. Il comprit immédiatement que c'était leurs parents. Ils n'étaient pas chez eux comme le pensaient les jeunes, ils cherchaient désespérément leurs enfants.

Ne sachant pas quoi faire, Christoff s'enfonça dans l'ombre quand plusieurs mâles et une femelle pénétrèrent dans sa grotte. Il les regarda tous se pencher pour enlacer les jeunes qui se jetèrent dans leurs bras ouverts. Son cœur se tordit de chagrin lorsqu'il réalisa que le temps passé avec ces dragonnets magiques était sur le point de toucher à sa fin. Il se tourna pour regarder la femelle quand elle leva les yeux vers lui tout en prenant un petit garçon dans ses bras.

— Merci, murmura-t-elle.

Christoff déglutit de nouveau et se contenta de hocher la tête. Il n'était pas certain de pouvoir parler même s'il le voulait. Il était si étrange de voir tant de membres de son espèce après toutes ces années. Il s'agita, mal à l'aise, quand il vit tous les mâles se tourner pour le regarder. Il se prépara à faire face à leur animosité et fut surpris lorsqu'ils le regardèrent avec une sincère... gratitude au lieu de le regarder avec de la haine.

— Nous vous devons plus que ce que nous ne pourrons jamais vous rendre, dit le mâle curizan, portant tendrement la fragile petite fille aux cheveux presque blancs dans ses bras.

Christoff ne trouva pas immédiatement quoi dire. Personne à l'exception de ses parents ne l'avait encore jamais remercié. Il jeta un coup d'œil vers les cadeaux et l'arbre et les désigna d'un geste maladroit de la main.

— Je... Ils ont déjà remboursé n'importe quelle dette, répondit Christoff avec raideur. Ils m'ont fait un cadeau que personne m'avait encore jamais fait.

L'un des hommes qu'il reconnut comme étant un membre de la famille royale inclina la tête en signe de respect avant de regarder Christoff avec inquiétude.

— La montagne est instable, dit-il. Nous devons évacuer.

Tout devint flou quand la montagne trembla violemment. Le regard de Christoff perçut le mouvement dans la roche et il s'élança en avant tout en appelant son symbiote et son dragon alors qu'un énorme rocher commençait à bouger sous l'effet de la puissante secousse. Il grogna quand le rocher tomba sur ses épaules. Ses pattes tremblèrent sous le poids écrasant mais son regard resta rivé sur les jeunes et leurs parents.

Il serra les dents et entendit les mots d'encouragement du Curizan alors qu'il l'aidait à retenir le rocher assez longtemps pour que les autres se sauvent. Christoff fut incapable de répondre, craignant que parler lui fasse perdre sa concentration.

On doit maintenir l'ouverture assez longtemps pour qu'ils se sauvent, murmura-t-il à son dragon et son symbiote. *On ne les abandonnera pas. Je ne les laisserai pas mourir comme j'ai laissé mourir père et mère.*

Christoff baissa la tête et poussa autant qu'il put afin que les autres hommes et la femme puissent s'enfuir avec les jeunes pour rejoindre la corniche. Il gémit quand la montagne gronda comme pour protester contre le fait que quelqu'un puisse échapper à sa colère. Christoff se tourna vers le Curizan pour lui ordonner de le laisser. Alors qu'il ouvrait la bouche pour parler, le rocher qui les écrasait éclata en mille morceaux qui leur retombèrent dessus telle de la poussière. Libéré soudainement du poids, il tomba à genoux quand une vague de faiblesse et de stupeur le traversa face à la puissance qu'il aurait fallu pour briser un rocher de cette taille.

— Allons-y, ordonna durement le Curizan en se repoussant du sol.

Christoff se leva en tremblant, appuyant ses mains contre la paroi rugueuse de la grotte. Stupéfait, il secoua la tête. Il se tourna pour lui emboîter le pas avant de s'arrêter et de regarder une dernière fois l'endroit qui était son chez-lui depuis des siècles. Il ne possédait pas grand-chose mais ce qu'il avait lui était précieux : quelques babioles que son symbiote avait rapportées de sa maison d'enfance, un pendentif ayant appartenu à sa mère et le couteau de son père. C'était les choses qui comptaient le plus à ses yeux.

Son regard s'arrêta sur les deux petits cadeaux que les fillettes avaient posés sur sa table. Incapable de laisser les petits objets derrière lui, il se dépêcha de retourner dans la grotte, les attrapant sur la table avant de prendre le petit sac en cuir qu'il gardait au pied de son lit.

Il regarda autour de lui avant de se retourner vers l'entrée. Il émit un grand sifflement quand il sentit ses pieds quitter le sol et son corps voler dans les airs. Son symbiote le heurta à l'abdomen, le projetant en arrière et lui coupant le souffle. Il atterrit sur son long lit étroit au moment où une grande partie du plafond s'effondra à l'endroit où il s'était tenu.

Il se retourna sur le lit, entendant à peine le cri d'avertissement du Curizan avant que la montagne ne tremble avec une force incroyable et qu'une avalanche de rochers ne se mette à tomber, l'enfermant dans une tombe de ténèbres.

Plusieurs secondes s'écoulèrent avant que la poussière ne retombe et qu'il puisse parler sans s'étouffer. Il se redressa sur le lit. Son dragon pouvait voir quand la lumière était très faible mais pas dans l'obscurité la plus totale.

— Éclaire-moi, mon ami, murmura Christoff alors qu'une vague de résignation l'envahissait.

Il sentit son symbiote trembler. Il tenta de le réconforter mais il savait qu'il n'avait plus beaucoup de réconfort en lui à donner à son dragon ou à son symbiote. Christoff pensait sincèrement que plus rien ne pouvait guérir son âme fatiguée.

La faible lueur de son symbiote était la preuve que lui aussi réalisait que leur temps dans ce monde touchait à sa fin. Il se mit debout et contourna les restes en ruine du plafond de son chez-lui. Il posa ses mains contre le rocher qui masquait l'entrée et murmura un adieu aux jeunes dragonnets et à leurs amis qui avaient fait preuve de compassion envers lui.

— C'est mieux d'avoir connu une telle gentillesse avant notre mort que de n'en avoir jamais connu du tout, mes amis, murmura-t-il à son dragon et à son symbiote.

Il se repoussa, se redressa et se tourna. Son symbiote était allongé à côté du lit et le regardait avec une expression de chagrin et de regret. Il sentait le sentiment de culpabilité de la créature à l'idée de ne pas être assez grande et forte pour passer à travers les rochers et les libérer.

Christoff retourna à son lit et son symbiote. Il fit doucement courir ses doigts le long de sa tête lisse en guise de réconfort tout en lui envoyant une vague de chaleur et d'affection. Il ne laisserait pas ses derniers instants être teintés de regret. Son dragon et lui comprenaient et acceptaient que la vie n'était pas toujours juste. Elle était ce qu'ils en faisaient.

— Souviens-toi de ça, mon ami doré, murmura Christoff en continuant à caresser le corps en or tourbillonnant. Mère et père nous avaient acceptés et étaient fiers de nous. Pendant des siècles, on a fait ce qu'on a pu pour empêcher la montagne d'entrer en éruption. Elle est devenue aussi fatiguée que nous. Les villageois ont été évacués. C'est tout ce qui compte maintenant. Il est temps pour nous de nous reposer et d'espérer que notre mérite en tant que gardien du village nous permettra de gagner une place de guerrier dans la prochaine vie.

Christoff baissa la tête en murmurant les derniers mots. Pendant des siècles, son dragon, son symbiote et lui s'étaient battus pour trouver des moyens de faire diminuer la pression grandissante à l'intérieur de la montagne. Ils avaient travaillé pour nettoyer les vieux tunnels de lave et pour en creuser de nouveaux afin de faire diminuer la pression croissante. Ils avaient surveillé les secousses et les flots de lave dans les profondeurs de la montagne. Cela avait fonctionné mais la pression avait continué d'augmenter bien plus profondément qu'aucun d'eux ne pouvait aller.

Son regard tomba sur les deux cadeaux aux emballages éclatants qui se trouvaient par terre près du lit. Il les avait laissé tomber quand son symbiote l'avait poussé afin de l'écarter des rochers qui tombaient. Il se baissa, les ramassa et les prit délicatement dans ses mains avant d'en poser un sur ses genoux afin de pouvoir les ouvrir.

Il résista à l'envie de déchirer le papier. Il passa plutôt un doigt le long du bord jusqu'à ce qu'il cède. Il déplia lentement l'emballage pour révéler le trésor caché à l'intérieur. Il oublia tout du grondement de la montagne et de la chaleur croissante quand un éclat de la lumière de son symbiote se refléta sur les répliques délicatement gravées de deux dragons. Il en leva un et remarqua que chaque dragon était suspendu à une chaîne. Il les souleva et réalisa que les deux pouvaient s'assembler afin de donner l'impression qu'ils s'enlaçaient.

Christoff baissa les yeux et remarqua un petit morceau de papier recouvert d'une belle et délicate écriture fluide. Il le prit et l'inclina vers la faible lumière afin de pouvoir le lire. Sa main se mit à trembler et les mots devinrent flous mais ils seraient à jamais gravés dans son âme.

Tant que l'on garde sa famille et ses amis près de son cœur, on n'est jamais vraiment seul.

Christoff leva les colliers et les attacha autour de son cou. Il prit la boîte vide et la posa sur la table à côté de son lit. Il s'y agrippa quand la montagne trembla une fois de plus, manquant presque de renverser la table. L'air commençait à s'épaissir d'une fumée acide. Il savait qu'il pouvait s'estimer chanceux s'il lui restait encore quelques minutes supplémentaires.

— Je vous en prie, déesse, laissez-moi ouvrir le dernier cadeau. Je n'ai pas demandé beaucoup dans ma vie, murmura Christoff en prenant la deuxième boîte et en faisant de nouveau courir son doigt le long du papier afin de ne pas le déchirer plus que nécessaire.

Ses yeux s'écarquillèrent face au magnifique dôme de verre empli d'eau niché à l'intérieur de la boîte. Il le souleva assez haut pour voir le dragon et le symbiote sous la forme d'un tigre-garou devant un arbre aux couleurs vives. Son regard se dirigea vers le tas de gravats. L'arbre que les deux petites filles lui avaient offert se trouvait en-dessous. Reportant son attention sur le dôme, il l'inclina et regarda des flocons blancs flotter autour des deux personnages. Quand il le refit, il vit une petite manivelle à la base. Il tourna plusieurs fois la petite pièce métallique avant de la lâcher. Son chez-lui fut soudain empli d'une musique délicate. L'espace d'un instant, il s'imagina petit garçon de retour chez lui, dans la vallée, écoutant la douce voix de sa mère qui chantait et son père jouer de sa flûte.

Christoff fut soudain envahi d'un sentiment accablant de solitude et de dépression. Il tourna la manivelle jusqu'à ce qu'elle ne puisse plus tourner, serra le dôme contre son torse et s'allongea sur le lit. De petites secousses firent trembler son corps tandis que le chagrin et la douleur s'emparaient de lui. Pour la première fois depuis des siècles, il pleura la perte de ses parents. Ne voulant pas être seul, il tapota à côté de lui sur le lit. De la chaleur l'envahit quand son symbiote sauta à côté de lui et s'allongea, posant sa tête sur son ventre plat.

Il tendit une main et le caressa.

— Repose-toi, mon ami, murmura-t-il en fixant l'obscurité de plus en plus profonde tandis que la lumière de son symbiote s'estompait. Mon dragon et moi sommes aussi fatigués. Je crois qu'il est temps de passer dans le prochain monde, t'en penses quoi ?

Une nouvelle vague de chaleur l'enveloppa quand la lumière de son symbiote s'éteignit. Il continua à caresser la petite partie de lui qu'il avait espéré voir survivre. Il avait eu beau essayer de le chasser, il n'avait pas voulu les quitter, son dragon et lui. Christoff sentit le chagrin de son dragon mais aussi son acceptation que leur heure était venue.

— Reposez-vous bien, mes amis, j'ai été le plus chanceux de tous de vous avoir pour compagnons. Aucun guerrier n'aurait pu demander de meilleurs amis que vous avez été pour le garçon brisé que j'étais ou pour l'homme que je suis devenu. Dormez, il est temps pour nous de nous reposer, murmura Christoff avant de fermer les yeux.

Il sentit la montagne prendre une profonde inspiration apaisante avant d'expirer. Il fut surpris quand il sentit la montagne exploser sous l'effet de la pression. Il s'attendait à un éclair de douleur avant la mort ; il fut au contraire enveloppé par une vague de chaleur dorée.

Un pli lui barra le front avant que la tendre caresse d'une main ne l'efface et qu'il ne sombre dans un abîme soyeux.

Aikaterina était restée derrière quand les parents des dragonnets, de Roam et d'Alice les avaient sauvés. Le vieux dragon avait piqué sa curiosité lorsqu'il s'était détourné de l'entrée. Elle avait prévu de donner une goutte de son sang à son symbiote afin qu'il reprenne des forces et qu'il puisse aider Christoff à se sauver mais avait hésité quand une nouvelle idée l'avait traversée.

Bien que son espèce essayât normalement de ne pas interférer dans le cycle de la vie, elle trouvait de plus en plus difficile de ne pas s'impliquer. Elle avait suivi les dragonnets et leurs amis au cours de leur aventure. Ils avaient chacun gagné une place spéciale en elle avec leur amour innocent. Ce n'était que lorsqu'elle avait vu leur cadeau d'amitié et d'amour qu'elle avait su qu'elle devait aider Christoff.

Elle avait une nouvelle fois été déchirée quand l'entrée s'était effondrée. Elle avait pris sa décision quand son symbiote avait supplié que son ami et compagnon soit épargné. Les souvenirs de la vie du vieux dragon avaient transpercé sa résolution. Elle s'était souvenue de deux autres dragons, des frères jumeaux qui avaient ressenti le tiraillement de la solitude. C'était en partie sa faute s'ils n'avaient jamais trouvé leur âme sœur. À mesure que sa conscience pour cette espèce se développait, elle comprenait qu'elle devait les aider si elle le pouvait.

Elle flotta vers le lit et s'y assit. Son regard s'adoucit face à l'acceptation calme de Christoff de sa mort. Elle leva une main invisible et la passa sur son front, sachant ce qu'elle devait faire.

— Pas encore, mon guerrier, murmura-t-elle d'une voix douce à travers sa conscience. J'espère que tu accepteras le cadeau de Noël que je te fais.

3

*E*dna Grey plaça le carton qu'elle avait ramené du cabanon sur la table de la salle à manger du chalet qui avait autrefois appartenu à son amie, Abby Tanner. Elle avait été choquée lorsque les documents de l'avocat du Wyoming étaient arrivés par la poste, lui donnant le chalet et le terrain environnant.

Au fond d'elle, elle savait que cette montagne serait toujours celle d'Abby à ses yeux. Elle avait été amie avec les grands-parents de la jeune femme et avait immédiatement été conquise par Abby quand sa mère l'avait abandonnée chez eux. Bien qu'elle eût soixante-cinq ans, elle savait qu'elle ne les ressentait pas et ne les faisait pas, un fait qui rendait parfois sa fille folle.

Ses cheveux étaient d'un beau gris-blanc avec des mèches argentées. Shelly avait grommelé qu'aucune femme de son âge ne devrait avoir des cheveux aussi épais et brillants. Edna ne put s'empêcher de sourire en se remémorant Shelly lui parlant des problèmes qu'avait eus Jack après le dernier dîner auquel ils s'étaient rendus avec des amis. Apparemment, certains des hommes avaient demandé à Jack si Edna serait intéressée par l'idée de sortir avec eux. Cette dernière avait ri quand Shelly l'avait appelée pour lui raconter. Elle doutait sérieusement que les amis avocats de son gendre voulussent sortir avec elle.

Elle ne pouvait cependant pas s'empêcher de taquiner sa bien trop sérieuse de fille. Le souvenir de la réaction de Shelly n'avait pas de prix quand elle rappelait à sa fille qu'elle était toujours en vie et qu'elle pouvait apprécier la compagnie masculine autant que Shelly avec Jack.

Le « Beurk, maman ! » avait rapidement fait taire sa fille. Bien sûr, le commentaire de Jack sur le fait que Shelly serait peut-être aussi belle que sa mère au même âge avait un peu aidé. L'intéressée avait gloussé et lui avait répondu qu'il allait devoir attendre pour le découvrir.

Edna gloussa quand un nez curieux poussa sa main. Elle baissa les yeux et murmura à Bo, son golden retriever, d'être sage. Bo agita la queue avant de s'asseoir pour la regarder.

— Je pense qu'un peu de décorations de Noël vont égayer les lieux, qu'en penses-tu ? demanda Edna en sortant le petit sapin de Noël en fibre optique du carton pour décorer la pièce jusqu'à ce que Jack et Shelly en ramènent un plus grand de la ville. Il n'est pas aussi grand que celui qu'on met habituellement mais ça fera l'affaire jusqu'à l'arrivée de Jack et Shelly. Je voulais quelque chose pour égayer les lieux.

Bo aboya et se leva en regardant autour de lui à la recherche de sa balle de tennis verte. Il courut derrière quand elle roula sur le parquet. Edna rit et décida qu'un sapin de Noël avait besoin d'être accompagné de musique de Noël. Elle s'avança vers sa vieille chaîne stéréo, choisit un classique dans la pile de disques et le mit.

Elle chanta en rythme avec les chansons tandis qu'elle s'affairait afin de donner une allure festive au chalet. Elle avait décidé de s'y installer quelques mois plus tôt quand Jack, Shelly et sa petite-fille Crystal avaient quitté la Californie pour emménager à Shelby. Malgré tout son amour pour sa fille, sa petite-fille et son gendre, Bo, sa mule, Gloria, et elle avaient l'habitude d'être seuls. En outre, la grande maison qu'elle possédait à l'extérieur de la ville était agréable mais il lui était devenu de plus en plus difficile de l'entretenir toute seule. Elle ne recevait plus autant qu'avant, pas comme quand Hanson était encore en vie.

Deux heures plus tard, Edna recula et admira l'arbre coloré posé sur la table dans le coin et la guirlande festive décorée de baies rouges et de poinsettias suspendue au manteau de la cheminée. Quelques bibelots supplémentaires ajoutés au décor apportaient la touche finale dont il avait besoin. Edna fut parcourue d'un frisson quand elle jeta un coup d'œil à l'extérieur et qu'elle vit que le temps se couvrait. Les prévisions météorologiques annonçaient de la neige dans les montagnes. Elle devrait s'assurer que Gloria avait de la litière fraîche pour la nuit.

— Laisse-moi mettre le ragoût à mijoter et nous emmènerons Gloria faire une promenade dans la prairie pour faire un peu d'exercice avant qu'il neige, dit Edna à Bo.

Le golden retriever leva brièvement les yeux de l'os qu'il rongeait avant de reporter son attention dessus, l'éternelle balle de tennis posée près de sa patte gauche. Edna secoua la tête, reconnaissante que Bo ait dépassé le stade de chiot assez tôt et qu'à cinq ans, il soit une crème.

Vingt minutes plus tard, Edna était emmitouflée pour le froid. Elle avait craqué et enfilé des sous-vêtements thermiques sous son jean délavé avant d'ajouter un pull par-dessus les deux chemises qu'elle portait. Elle glissa ses pieds dans une paires de chaussures de randonnée imperméables, attrapa son manteau, son écharpe et son bonnet en laine accrochés à la patère près de la porte. Elle appela Bo en sifflant et se prépara à la bouffée d'air glacial.

— C'est parti, mon grand, appela-t-elle tout en reculant afin que Bo puisse passer en premier. Je te préviens, si tu dois ressortir cette nuit, il se peut que tu y ailles tout seul.

Bo s'arrêta au pied des marches et laissa tomber sa balle afin de pouvoir aboyer à son attention avant de la reprendre et de courir vers la petite étable et le corral où vivait désormais Gloria. Edna n'était pas très loin derrière lui. Elle rit et réprimanda Bo pour s'être jeté dans ses pieds quand elle essaya d'ouvrir le portillon. Gloria, la vieille mule, leva la tête et observa un instant ce qui se passait avant de la rebaisser vers le sol.

Edna se dirigea vers l'étable. Elle ouvrit la porte coulissante et l'accrocha. Elle s'était demandé si elle voulait d'abord emmener Bo et

Gloria faire une promenade ou préparer le box de la mule. Finalement, elle avait décidé qu'elle ferait mieux de commencer par mettre
du foin, de l'eau et du grain frais ou il était fort probable qu'elle ne
veuille plus le faire après s'il faisait trop froid.

— Eh bien, je dois dire qu'on se croirait vraiment à Noël, dit Edna
à la mule et au chien lorsqu'ils passèrent la tête dans l'embrasure de la
porte pour la regarder. Il faut que je vous apprenne à faire ça. Je
trouve que vous aimez un peu trop me regarder travailler.

Son rire emplit l'air quand les deux animaux reculèrent et retournèrent à l'enclos. Secouant la tête, Edna prit la fourche et commença à
étaler la paille, chantant tout en travaillant.

Après toutes ces années, elle avait toujours sa voix. Hanson, les
grands-parents d'Abby et elle avaient travaillé dans l'industrie du
divertissement pendant des décennies avant de partir à la retraite.
Hanson avait travaillé dans l'industrie du film et elle dans la musique.
Ils s'étaient rencontrés lors d'une projection en avant-première d'un
film de Hanson et cela avait été le coup de foudre. Ils s'étaient mariés
six mois après leur rencontre et avaient vécu quarante merveilleuses
années ensemble avant qu'il ne décède d'une soudaine crise cardiaque
cinq ans plus tôt.

Edna soupira en finissant d'étaler la paille. Elle remit la fourche à
sa place et prit les deux seaux dont elle aurait besoin pour la nourriture et l'eau. Quelques minutes plus tard, la litière de Gloria était prête
pour la nuit.

Edna prit la longe au crochet près de la porte et sortit. Elle avait
déjà mis une couverture sur Gloria quand il avait commencé à faire
froid, plus tôt dans la journée. Quand elle vit la longe, Gloria trotta
vers elle car elle savait que cela signifiait qu'ils allaient se promener.
Edna rit de nouveau quand la mule la poussa doucement de la tête.
Elle s'était occupée de Gloria quand sa mère l'avait rejetée alors qu'elle
n'avait que quelques heures. Gloria se comportait à présent plus
comme Bo que comme une mule.

— Enfin, au moins tu es sage avec moi, dit Edna à voix haute.
Montons à la prairie et allons souhaiter d'heureuses fêtes à Abby. Je
suis certaine qu'elle partage l'esprit de Noël, où qu'elle soit. Elle a

toujours adoré ça. Qui sait, elle m'enverra peut-être un de ses extra-terrestres en cadeau.

Gloria mâchouilla la longe et Bo aboya avec excitation avant de prendre sa balle de tennis et de s'élancer sur le chemin qui menait à la haute prairie. Edna n'arrivait pas à croire que presque trois ans s'étaient écoulés depuis qu'Abby avait quitté la Terre pour un autre monde, un monde extraterrestre empli de choses stupéfiantes et effrayantes.

Au plus profond d'elle, elle avait su qu'Abby n'était pas morte des mains du shérif dérangé qui s'était avéré être un tueur en série. Si elle avait eu des doutes, ils s'étaient évanouis quand elle avait reçu la lettre de l'ami et avocat de Paul Grove, Chad Morrison. Ce dernier lui avait expliqué qu'Abby avait envoyé des documents qui attestaient qu'elle donnait la propriété qu'elle possédait dans la montagne à son amie.

Edna soupira en progressant sur le chemin. Elle regarda la forêt autour d'elle. Certains arbres avaient perdu toutes leurs feuilles tandis que d'autres resteraient verts. Jack, Shelly et Crystal étaient passés la semaine précédente avec d'autres cartons et étaient restés le week-end afin de l'aider à dégager le chemin et faire de petites réparations à la grange ainsi qu'à l'atelier extérieur.

Edna marqua une pause en entendant les aboiements frénétiques de Bo un peu plus haut. L'espace d'un instant, elle fut prise d'une sensation de déjà-vu. Cette idée folle lui fit secouer la tête et elle tira sur la longe de Gloria.

— Allez, ma grande. Allons voir ce que Bo a découvert cette fois. J'espère que ce n'est pas un ours qui a décidé de rester éveillé pour le Père Noël, gloussa Edna. Je peux déjà le voir. Il portera probablement l'un de ces ridicules chapeaux de Père Noël, espérant avoir un pot de m…iel. Oh, Seigneur !

La voix d'Edna mourut et elle s'arrêta brusquement à l'orée de la prairie. Ses yeux étaient rivés sur ce sur quoi Bo aboyait et reniflait. Au lieu d'un ours portant un chapeau de Père Noël se trouvait une capsule dorée et, si elle devait deviner, elle parierait qu'un extrater-restre se trouvait à l'intérieur.

— Oh, mon Dieu ! murmura Edna en lâchant la longe de Gloria. J'imagine que je devrais faire attention à ce que je demande.

4

*E*dna prit une profonde inspiration en s'approchant du vaisseau doré. Elle n'en avait vu de similaire qu'une fois auparavant, quand Zoran, le compagnon d'Abby, l'avait conduite à la prairie pour lui assurer qu'il ne ferait jamais de mal à sa jeune amie. Ce vaisseau était peut-être plus petit, mais il était fait du même matériau.

— Bo, viens ici mon grand, appela Edna d'une voix douce tout en s'approchant de la créature dorée. Tu lui fais peur.

Bo poussa un gémissement et s'allongea à côté du vaisseau scintillant. Edna n'était pas certaine qu'il puisse vraiment être appelé un vaisseau spatial. Il semblait à peine assez grand pour accueillir un des guerriers, encore moins pour le transporter quelque part. À vrai dire, plus elle s'approchait, plus il ressemblait à un genre de cercueil ou à l'une de ces capsules de sauvetage d'un plateau de tournage d'un film d'extraterrestres.

— Tout va bien, mon chéri, murmura Edna d'une voix apaisante. Bo ne voulait pas te faire peur. Tu l'as juste surpris, c'est tout. J'en ai déjà vu un comme toi avant. Zoran Reykill avait un vaisseau comme le tien. Tu le connais ?

Un sourire se dessina sur les lèvres d'Edna quand la créature scintilla et que des couleurs tourbillonnèrent comme si elle était excitée d'entendre le nom de Zoran. Elle enleva ses gants et les mit dans la poche de son manteau avant de tendre la main pour toucher la surface brillante. Elle hésita à quelques centimètres seulement quand une soudaine vague d'incertitude s'empara d'elle. Et si la créature n'était pas amicale ? Et si elle prenait les tourbillons pour de l'enthousiasme alors qu'en réalité, elle essayait de l'avertir de ne pas s'approcher ?

La décision de toucher la créature ou non lui fut enlevée quand Gloria arriva derrière elle et la poussa dans le dos, la faisant tomber en avant. Edna hoqueta de surprise quand ses mains se posèrent sur la surface lisse. Elle mit un instant à réaliser qu'elle pouvait voir à travers le haut. Son regard resta rivé sur l'homme à couper le souffle allongé paisiblement à l'intérieur.

— Est-ce qu'il est... vivant ? demanda Edna d'une voix à peine audible.

Elle avait d'abord eu peur de poser sa question à voix haute par crainte de découvrir que l'homme était mort. De la chaleur l'envahit et une image de l'homme endormi lui traversa l'esprit. Ses mains se replièrent contre la surface soyeuse alors qu'elle résistait à l'envie de le toucher.

Elle sursauta en sentant ses mains s'enfoncer dans la surface du vaisseau. Effrayée, elle les retira et recula de plusieurs pas. Elle leva une main tremblante à son visage et se figea à la vue des fils d'or dansants qui montaient le long de ses bras.

Edna gloussa quand la tête d'un minuscule dragon apparut à l'extrémité de l'un des fils et que le reste prit ensuite la forme du corps et de la queue d'un dragon. Il frotta sa tête contre son bras avant de s'enrouler autour de son poignet pour former un bracelet. Elle secoua la tête, comprenant immédiatement qu'il ne lui ferait jamais de mal.

Elle s'avança de nouveau et baissa les yeux vers le visage détendu de l'homme. Il n'était pas jeune comme Zoran mais était tout de même beau à couper le souffle avec des mèches argentées dans ses cheveux noirs. Elle écarquilla les yeux quand plusieurs flocons blancs vinrent se poser sur la surface transparente. Ce ne fut qu'alors qu'elle prit conscience qu'il avait commencé à neiger.

Elle jeta un coup d'œil à Gloria en se demandant ce qu'elle devait faire. La créature dorée était posée par terre. Si elle parvenait à la déplacer, elle pourrait la ramener au chalet. Elle ne pouvait en aucun cas les laisser, l'homme et elle, dehors dans le froid glacial. Elle se retourna vers le vaisseau et le toucha.

— Est-ce que tu me comprends ? demanda-t-elle d'une voix douce.

De la chaleur l'envahit et elle vit dans son esprit que la créature la comprenait. Poussant un soupir soulagé, elle se concentra afin d'essayer de visualiser le chalet. Elle sentit le vaisseau frissonner.

— Tout va bien se passer, lui assura Edna. Il faut seulement que je vous fasse descendre au chalet, ton ami et toi. Il y a une tempête de prévue ce soir et il est censé tomber plus d'un mètre de neige. Vous allez mourir de froid si vous restez là tous les deux.

La créature scintilla de nouveau et des tourbillons apparurent à sa surface. Edna posa sa main dessus et essaya de trouver le meilleur moyen pour faire descendre la capsule le long du chemin jusqu'au chalet. Sa première idée fut d'utiliser le traîneau, mais elle ne parviendrait jamais à mettre l'homme dessus. C'était d'un genre de chariot dont elle avait vraiment besoin.

Edna recula de nouveau brusquement quand la créature frissonna puis commença à se transformer. Un petit rire amusé lui échappa lorsque quatre petites roues apparurent soudain à l'instant même où Edna visualisa le genre de chariot dont elle aurait besoin. Elle secoua la tête, passa derrière la capsule et la poussa. Elle fut stupéfaite de voir à quel point elle roulait facilement. Edna appela Gloria et Bo avant de faire pivoter le chariot doré vers le chemin, puis commença le long trajet du retour jusqu'au chalet.

— J'espère vraiment que je sais ce que je fais parce que bon sang, il a remis ma libido en route rien qu'en étant allongé là ! murmura-t-elle, exaspérée, en regardant encore une fois le visage de l'homme.

Cela lui prit du temps, mais Edna réussit à les ramener tous les cinq au chalet. Elle poussa un soupir, reconnaissante d'avoir dit à Jack d'attendre avant d'enlever la rampe que le grand-père d'Abby avait installée pour sa grand-mère. Elle s'était avérée pratique pendant le déménagement et elle n'avait pas voulu l'enlever avant d'être certaine d'avoir fini.

Elle rentra rapidement Gloria pour la nuit avant de refermer la porte de l'étable et d'éteindre toutes les lampes chauffantes à l'intérieur en n'en laissant qu'une petite. Puis elle ouvrit la porte du chalet et remercia encore une fois son vieil ami d'avoir aussi agrandi la porte. Une fois à l'intérieur, elle la ferma et s'assura que le poêle à granulés était allumé avant de faire un feu dans la cheminée.

Elle retira son manteau et son bonnet et souffla sur ses doigts engourdis afin de les réchauffer tandis qu'elle contournait la capsule qui se trouvait à présent sur le tapis du salon. Elle s'arrêta sur le côté et la regarda en fronçant les sourcils. Elle tendit la main et toucha le dessus en se demandant comment elle allait bien pouvoir ouvrir cette maudite chose.

— Un peu d'aide serait la bienvenue, murmura-t-elle à la créature dorée. Je ne sais pas comment je suis censée l'ouvrir.

Comme par magie, le haut de la capsule fondit. Edna fut surprise et commença à tomber en avant. Un grand cri surpris lui échappa quand une paire de bras s'enroula soudain autour d'elle et l'attira contre le torse massif de l'homme. Elle leva brusquement la tête et plongea avec fascination dans les yeux dorés et brillants qui étaient maintenant grands ouverts.

5

*U*ne sensation étrange s'empara de Christoff à mesure qu'il se réveillait lentement. Il sut instinctivement qu'il aurait dû être mort. Il se souvenait de la montagne qui avait explosé sous l'effet de la pression juste avant de perdre connaissance. Il y avait eu autre chose, presque comme une main contre son front, mais il avait conclu qu'il avait dû rêver. Il était cependant certain d'une chose, il aurait dû être mort.

Au lieu de cela, il était enfermé dans son symbiote. La sensation familière de son ami et compagnon déclencha une vague de réconfort en son dragon et lui. Il était sur le point de le remercier d'avoir trouvé un moyen de le sauver miraculeusement quand il sentit un autre genre de chaleur le toucher. C'était comme si quelqu'un avait glissé sa main sur son corps. Ce qui le touchait, qui ou quoi que ce fût, avait assurément réveillé son dragon. Il n'avait jamais senti son autre moitié se réveiller si vite ni être aussi... concentré qu'il l'était maintenant. Une autre caresse légère sur son corps le fit gémir doucement.

L'espace d'un instant, Christoff garda les yeux fermés, ne voulant pas perdre la sensation de plaisir intense qui s'emparait de son corps. Il savait que la main qui le caressait ne le touchait pas réellement ; ce n'était pas nécessaire. Tant qu'elle touchait son symbiote, c'était comme si elle caressait sa peau.

Il plia les doigts et se concentra sur le mouvement de la créature qui marchait autour de son symbiote. Son corps se tendit et il attendit le bon moment pour frapper. Il pouvait voir qu'il s'agissait d'une femelle grâce aux images que lui envoyait son symbiote. Elle ressemblait à celle qui était venue dans la grotte avec les seigneurs dragons, en plus âgée... et bien plus belle à ses yeux. Il eut sa chance quand la femelle s'arrêta une fois de plus pour le regarder. Il entendit son murmure en même temps qu'il se concentra sur son symbiote afin qu'il le libère.

Le corps doux et chaud de la femme tomba dans ses bras en même temps qu'il l'attrapa. Il l'attira jusqu'à ce qu'elle soit allongée sur lui. Il dévora son visage des yeux, notant la beauté de ses cheveux argentés et l'expression de surprise dans ses yeux vert clair.

— Heu, bonjour, murmura-t-elle en le fixant. Je... Vous me comprenez ?

Christoff fronça les sourcils. Oui, il la comprenait. Ce qu'il ne comprenait pas, c'était la réaction de son corps. Il se sentait...

Mienne ! rugit joyeusement son dragon. *Je mords. Oui, oui. Je mords maintenant.*

Quoi ? Mordre ? Pourquoi ? demanda Christoff, perplexe, les yeux toujours rivés sur la femme.

C'est notre compagne ! répondit son dragon avec un grand soupir.

— Compagne ! s'exclama Christoff, choqué, sans se rendre compte qu'il avait parlé à voix haute jusqu'à ce que la femme écarquille les yeux sous le coup de la surprise et du choc avant qu'un rose délicat ne monte à ses joues.

— Je... Non, je suis Edna, finit par dire la femme avec un sourire amusé.

— Et ma compagne, répondit Christoff, un pli déconcerté lui barrant le front.

Edna poussa doucement contre son torse pour essayer de se libérer. Il la lâcha à contrecœur bien que son dragon gémît et lui grognât dessus. Il se redressa en position assise et regarda lentement autour de lui quand elle recula. Tout était… différent, étranger.

— Je suis où ? demanda Christoff d'une voix rauque en se retournant pour fixer la femme en face de lui.

— Votre… vaisseau et vous êtes dans mon salon, répondit Edna en souriant. Vous êtes en sécurité.

— Symbiote, la corrigea machinalement Christoff en se levant du lit de fortune.

— Quoi ? demanda Edna, perplexe cette fois.

Christoff toucha son symbiote qui se transforma en une grande créature étrange. Il sursauta et se tourna quand il entendit un bruit. Une autre bête, légèrement plus petite que son symbiote, était allongée par terre et agitait sa longue queue recouverte de fourrure. Son symbiote la rejoignit en trottant et avança son museau.

— Qu'est-ce que c'est ? demanda Christoff en se retournant vers Edna.

Elle gloussa quand les deux créatures dorées commencèrent à jouer. Elles pourchassaient une balle verte à travers la pièce. Il pouvait les voir du coin de l'œil, mais il gardait toute son attention sur la femme en face de lui. L'étrange chaleur envahit de nouveau son corps, lui donnant l'impression d'être un garçon maladroit.

— Est-ce que vous avez faim ? demanda-t-elle au lieu de répondre.

Christoff y réfléchit un instant. Son estomac gronda. Il ne se souvenait pas de la dernière fois qu'il avait mangé.

— Je… Oui, finit-il par dire, se sentant soudain perdu. Je ne comprends pas ce qui s'est passé.

L'expression d'Edna s'adoucit et elle tendit une main pour toucher la sienne. Il écarquilla les yeux quand il sentit des étincelles à son contact. C'était à la fois étrange, excitant et déroutant. Craignant qu'elle ne disparaisse, il enroula ses doigts autour de sa main quand elle commença à se tourner.

— J'ai mis un ragoût à cuire tout à l'heure, il devrait être prêt, dit-elle d'une voix réconfortante. On pourra parler en dînant. Est-ce que votre… symbiote, je crois que c'est comme ça que vous l'avez appelé, a besoin de manger quelque chose ?

Christoff secoua la tête en jetant un coup d'œil vers son symbiote qui était allongé, la balle verte entre ses pattes avant. L'autre bête était allongée face à lui et gémissait doucement. Les yeux de la créature à fourrure étaient rivés sur le jouet rond. Son symbiote baissa la tête et poussa la balle vers elle de son museau. Il sourit quand elle se tourna pour le regarder en remuant la queue. Un sentiment de bonheur irradiait de son symbiote.

Il se retourna quand Edna profita de sa distraction pour libérer sa main. Il fixa son poignet d'un air incrédule quand elle leva la main pour repousser une mèche de cheveux de son visage. Sa main alla toucher délicatement l'or à son poignet.

— Mon symbiote… ne mange pas de nourriture comme mon dragon et moi, murmura Christoff d'une voix éraillée et hésitante.

— Dragon…, répéta Edna en expirant bruyamment. Je crois vraiment que nous devons discuter de quelques petites choses.

Christoff hocha la tête et la suivit quand elle s'éloigna. Il esquissa un sourire en coin quand son regard descendit dans le dos d'Edna et s'arrêta sur son derrière. Son sourire disparut lorsqu'elle le regarda par-dessus son épaule. Son sourcil arqué et ses joues rouges lui apprirent qu'elle était parfaitement consciente de l'endroit où s'étaient posés ses yeux. Il lui offrit un sourire timide quand elle secoua la tête et continua à avancer en passant devant le coin salon.

Ils entrèrent dans la pièce suivante. Il comprit que c'était la cuisine. Son regard se posa sur une marmite sur le fourneau et il prit une grande inspiration pour en humer le parfum. Il espérait vraiment qu'elle avait une grande quantité de cette préparation car son estomac et son dragon grondèrent tous deux d'approbation.

— Vous pouvez vous asseoir, dit Edna en lui jetant un coup d'œil. Je vous ai dit mon nom, mais vous ne m'avez pas dit le vôtre.

— Christoff, répondit-il en se tenant sur le côté afin de pouvoir la regarder au lieu de s'asseoir comme elle le lui avait suggéré. Ça sent bon.

— J'en connais un qui a faim, répondit-elle avec un autre petit rire qui résonna dans la pièce quand elle entendit son estomac gronder bruyamment.

Christoff décida qu'il aimait ce son. Il la regarda remuer le contenu de la marmite avant d'en verser dans deux bols, l'un plus grand que l'autre. Il la contourna et prit les deux bols avant qu'elle n'en ait le temps.

— Je vais chercher des crackers pour accompagner le ragoût, dit Edna en secouant la tête.

Quelques minutes plus tard, la table était mise et ils étaient assis devant la fenêtre par laquelle ils pouvaient voir la neige tomber. Christoff étudia Edna lorsqu'elle prit plusieurs crackers et les posa dans une petite assiette à côté d'elle. Il tendit une main hésitante et en prit plusieurs avant de lui adresser un sourire incertain quand elle le regarda.

Une partie de lui voulait prendre la cuillère et commencer à enfourner l'épais ragoût dans sa bouche. Il ne se rappelait pas de la dernière fois qu'il avait senti quelque chose d'aussi bon. Il attendit cependant qu'elle mange la première. Son père avait toujours attendu que sa mère commence à manger avant de commencer à son tour. Il se souvenait d'avoir demandé pourquoi à son père, un soir.

— Un guerrier s'occupe toujours de sa compagne avant de s'occuper de lui-même, avait-il répondu. Ce n'est pas grand-chose, mais cela montre le respect que j'ai pour ta mère.

Après ce soir-là, Christoff avait lui aussi attendu. Lemar s'était moqué de lui, mais il l'avait ignoré. Il voulait également montrer à sa mère qu'il la respectait. Il poussa un soupir reconnaissant quand Edna prit sa cuillère et commença à manger. Il s'empara de la sienne, la remplit du mélange savoureux et la leva à sa bouche. Il ne put se retenir de fermer les yeux quand les délicieuses saveurs s'emparèrent de ses sens.

On est peut-être bel et bien morts dans l'explosion, murmura-t-il à son dragon qui se roulait d'extase.

— J'en déduis que vous aimez le ragoût ? dit Edna en riant.

Christoff rouvrit brusquement les yeux et retira lentement la cuillère de sa bouche. Il esquissa un sourire contrit et hocha la tête. Il attendit qu'Edna prenne une autre bouchée avant d'enfourner une deuxième cuillère dans sa bouche. Il garda cette fois les yeux rivés sur elle.

— Alors, Christoff, dites-moi comment vous avez fait pour finir dans ma montagne, dit Edna quand ils eurent presque fini le repas.

Il fronça les sourcils et secoua la tête.

— Je ne sais pas, admit-il. J'étais piégé dans la grotte. La montagne était sur le point d'entrer en éruption. Je l'ai sentie prendre sa dernière inspiration avant d'exploser, et puis...

Edna se pencha en avant et posa ses coudes sur la table tout en le fixant. Il pouvait voir l'inquiétude et la confusion dans ses yeux. Il essaya de se rappeler les dernières secondes dans la grotte, mais il ne se souvenait que d'une chose : des cadeaux que lui avaient laissés les jeunes. Paniqué, son regard balaya la pièce et il commença à se lever de la chaise. Il se rassit quand son symbiote, sentant sa détresse et la raison de celle-ci, entra dans la petite salle à manger, son sac en cuir dans la gueule.

Christoff tendit la main pour le prendre et, reconnaissant, caressa affectueusement la tête du symbiote. Il posa le sac sur ses genoux et l'ouvrit soigneusement. À l'intérieur, il vit la vieille chemise de son père dont il se servait pour protéger ses précieux souvenirs de ses parents. Il savait que le couteau à découper de son père et le pendentif de sa mère se trouvaient à l'intérieur. Mais au-dessus se trouvait le dôme en verre que les deux petites filles lui avaient offert. Il le sortit délicatement.

— Les jeunes, commença-t-il à dire avant que se gorge ne se serre au souvenir de leurs tendres paroles.

Il prit une profonde inspiration et lui tendit le dôme de verre.

— Ils ont escaladé la montagne pour me trouver.

Edna tendit la main et prit le dôme. Il la vit écarquiller les yeux avant de reporter son regard sur lui. Elle entrouvrit les lèvres et des larmes emplirent ses yeux tandis que son regard passait de l'objet à lui.

— C'est l'œuvre d'Abby. Je reconnaitrais son travail entre tous, murmura-t-elle tandis que des larmes roulaient silencieusement sur ses joues. Pourquoi sont-ils venus vous trouver ?

— Ils m'ont dit qu'ils voulaient être mes amis pour que je ne vole pas leur Noël, répondit doucement Christoff en fixant le dôme. Il a de la neige et si vous tournez la petite manivelle en dessous, il jouera de la musique.

Edna sourit et hocha la tête. Il la regarda anxieusement retourner le dôme et tourner la petite manivelle. La chanson qu'Edna connaissait emplit immédiatement l'air. Il leva vivement les yeux quand elle se mit à chanter en rythme avec la mélodie. C'était le plus beau le son qu'il ait jamais entendu après la voix de sa mère.

Edna eut un rire gêné et essuya sa joue mouillée d'une main. Christoff se leva de sa chaise et fit le tour de la table. Il s'agenouilla à côté d'elle et toucha sa joue. Ses doigts se posèrent contre sa douce peau et il s'en émerveilla.

— Qui êtes-vous ? demanda-t-il, un pli déconcerté lui barrant le front. Mon dragon dit que vous êtes ma compagne. Mon symbiote vous a aussi revendiquée. Et moi..., il plongea dans ses beaux yeux avec une expression incertaine.

— Et vous... ? demanda Edna d'une voix légèrement essoufflée.

Les yeux de Christoff prirent une teinte or sombre quand il se pencha en avant.

— Je constate que je ne peux pas m'empêcher de te toucher, murmura-t-il en se penchant en avant pour embrasser ses lèvres entrouvertes.

La sensation de son contact l'émerveilla. C'était la première fois qu'il embrassait une femme au cours des longs siècles de sa vie. Oh, il avait embrassé sa mère sur la joue, mais il n'avait encore jamais eu d'occasion d'embrasser une femelle, pas de cette façon. Un brasier se déclencha au plus profond de lui. Son corps le lança, le faisant douloureusement prendre conscience qu'il avait été seul bien trop longtemps.

Un juron silencieux lui échappa quand il sentit son dragon pousser contre lui. Il recula et resta un instant en équilibre sur ses talons avant de se lever et de s'éloigner. Il devait reprendre le contrôle de lui-même. C'était de la folie ! Il grimaça à l'idée qu'il avait pu ne serait-ce que penser qu'une femme telle qu'Edna serait attirée par un vieux dragon comme lui ayant depuis longtemps dépassé la fleur de l'âge.

— Je..., commença-t-il à dire.

Edna se leva de sa chaise et s'avança vers lui, un sourcil arqué. Il pinça les lèvres lorsqu'il vit l'avertissement dans ses yeux verts. Son instinct lui disait qu'il valait mieux qu'il ne finisse pas sa phrase.

— Je te jure que si tu me dis que tu regrettes de m'avoir embrassée, je te frappe à la tête avec ce globe, souffla-t-elle en guise d'avertissement.

Surpris, Christoff écarquilla les yeux avant qu'un sourire ravi n'étire ses lèvres. Il secoua la tête et lui prit le globe des mains avant de lever ses doigts à sa bouche. Il les embrassa avant de la regarder dans les yeux.

— Je ne regrette pas de t'avoir embrassée, Edna. À vrai dire, je te revendique comme mon âme sœur, déclara-t-il avec un sentiment de satisfaction. Tu es mienne maintenant.

6

Plus tard ce soir-là, Christoff s'agenouilla devant la cheminée. Il déposa prudemment quelques bûches supplémentaires dans le feu. Après le dîner, il avait aidé Edna à nettoyer la cuisine. Son regard se posa sur la chambre à droite avant de se poser sur celle à gauche.

Tu me laisses mordre, on dort plus dans la petite chambre, grogna son dragon en faisant les cent pas à l'intérieur de lui.

Et si je ne sais pas quoi faire ? Et si on lui fait peur ? Et si..., Christoff grimaça quand son dragon tomba en arrière en riant.

Je sais quoi faire, lui assura-t-il. *Tu me laisses mordre, tu sauras aussi.*

Elle était très ferme quand elle a dit que c'était notre chambre, rétorqua Christoff.

On sera encore plus fermes, renâcla son dragon. *Je suis excité.*

Tu crois que je ne le suis pas ? répondit Christoff en grognant.

— Est-ce que ça va ? demanda Edna.

Christoff marmonna un juron silencieux à l'intention de son dragon quand il grogna « *Non, ça va pas ! On est super excités.* » Il se leva, une expression sombre traversant son visage quand il se rendit compte que s'il se retournait, Edna serait capable de voir la réponse par elle-même. Avec un soupir résigné, il se tourna en direction du couloir qui menait à la salle de bain, là où elle se tenait.

— Je souhaite partager ton lit cette nuit, dit Christoff en grimaçant. Ce n'était pas ce que je voulais dire.

Edna écarquilla les yeux, ses lèvres s'entrouvrirent et ses joues prirent une teinte rose vif avant qu'elle éclate de rire. Elle s'avança, posa les serviettes qu'elle avait dans les bras sur la petite table d'appoint et rejoignit Christoff. Elle fit glisser ses mains le long de son torse et les posa sur ses épaules afin de se stabiliser pour pouvoir déposer un baiser rapide et brûlant sur ses lèvres.

— Je crois que c'est la chose la plus gentille que l'on m'ait dite mais la réponse est toujours non, dit-elle en secouant la tête. Je te connais depuis environ quatre heures. Je pense qu'il faut attendre quelques heures de plus avant de décider si on partage un lit.

Un éclair de douleur traversa le visage de Christoff avant qu'il ne disparaisse pour laisser place à un sourire. Elle n'avait pas dit « non », seulement qu'ils devaient attendre encore quelques heures. D'après ses calculs, cela voulait dire jusqu'à l'heure du coucher. Il pouvait attendre encore quelques heures.

Tu peux, pas moi, gémit son dragon. *Je la veux maintenant !*

Tu te rappelles comment père aguichait mère ? répondit Christoff tandis qu'un plan prenait forme dans son esprit. *Il la caressait et l'embrassait. Ensuite, on les entendait le soir. Mère ne pouvait pas résister à père.*

T'as intérêt à avoir raison, se plaignit son dragon. *Sinon, j'embrasse pas. Je mords !*

Si ça ne marche pas, tu pourras mordre, finit par accepter Christoff.

— Christoff ? l'appela Edna, le ramenant au présent.

Il cligna des yeux et fronça les sourcils quand il vit qu'Edna se trouvait à présent près de la porte d'entrée du chalet. Ses poings se serrèrent quand il la vit prendre son manteau. Son regard se dirigea vers la fenêtre. La neige tombait maintenant abondamment et il y en avait déjà plusieurs centimètres sur le rebord de la fenêtre.

— Où est-ce que tu vas ? demanda-t-il en faisant un pas en avant. La neige tombe et il fait froid dehors.

Edna gloussa et ferma son manteau.

— Je sais qu'il neige, et oui, cela veut dire qu'il fait froid dehors. Je veux juste aller voir Gloria avant de me coucher et Bo doit sortir une dernière fois avant qu'il ne fasse trop sombre.

— Je viens avec toi, l'informa-t-il en fronçant les sourcils. C'est qui Gloria ?

Edna marqua une pause et le regarda. Il vit un éclair d'indécision dans ses yeux. L'espace d'un instant, il se demanda si elle regrettait avant de repousser cette idée. C'était elle qui l'avait embrassé cette fois. Il pouvait encore sentir sa chaleur contre ses lèvres.

— Tu vas avoir besoin d'une veste. Je crois que Jack a laissé la sienne ici la dernière fois qu'il est venu. Je pense qu'elle peut t'aller, dit-elle.

— C'est qui Jack ? demanda Christoff en fronçant les sourcils. Je me battrai contre lui pour toi.

Edna s'arrêta près de la porte devant un petit placard sur le côté et lui lança un regard amusé. Elle secoua la tête, ouvrit la porte, tendit la main à l'intérieur et en ressortit un long manteau noir. Après avoir refermé la porte, elle s'approcha de lui et le lui tendit.

— Jack est mon gendre, expliqua Edna, une étincelle dans les yeux. Il s'évanouirait probablement si tu lui disais que tu allais te battre contre lui. Jack est doué dans une salle d'audience mais il est assurément plus du genre à faire l'amour que la guerre. Hanson et moi avons eu une fille, Shelly. Je ne pouvais plus avoir d'enfants après elle. J'ai commencé à faire une hémorragie et j'ai dû subir une hystérectomie. Shelly et Jack n'ont eu qu'une fille eux aussi. Ma petite-fille Crystal à treize ans maintenant.

Christoff prit le manteau et le renifla. L'odeur de l'homme l'imprégnait, mais il y avait aussi d'autres odeurs. Elles étaient plus douces, plus délicates. Il essaya le manteau, surpris qu'il lui aille. Ses mains glissèrent dans les poches et il découvrit une paire de gants et un bonnet. Les gants étaient trop petits mais il pouvait porter le bonnet.

— Ton compagnon, c'était ce Hanson ? demanda-t-il d'une voix bourrue tandis qu'un sentiment de jalousie s'emparait de lui.

Il baissa les yeux vers Edna quand elle s'approcha de lui. Elle esquissa un petit sourire triste, lui toucha le bras et attendit qu'il la regarde dans les yeux.

— Il était mon premier amour, mon ami et mon compagnon pendant de nombreuses années et je ne regretterai jamais d'avoir partagé ma vie avec lui. Il m'a fallu quelques années pour accepter qu'il était parti et qu'il ne reviendrai jamais. Nous nous étions tous les deux promis que si l'un de nous mourrait, l'autre prendrait la vie par les cornes et la vivrait pleinement. Je l'ai oublié un temps dans mon chagrin, mais plus maintenant, expliqua-t-elle.

Christoff tendit une main et fit glisser ses doigts le long de sa joue. Un sourire malicieux se dessina soudain sur ses lèvres tandis qu'il glissait sa main autour de sa nuque. Il baissa la tête et marqua une brève pause.

— Je pense que vivre la vie pleinement inclurait le fait que je partage ton lit cette nuit, murmura-t-il avant de capturer ses lèvres.

Edna fondit dans ses bras quand il la serra contre son corps. Il approfondit le baiser, glissant sa langue dans sa bouche avec un instinct né du désir. Elle poussa un petit gémissement et, triomphant, il se délecta quand les mains d'Edna glissèrent pour venir s'emmêler dans ses cheveux.

Plusieurs minutes plus tard, ils étaient tous les deux à bout de souffle. La seule chose qui les empêcha de se perdre dans la chaleur de la passion fut les gémissements persistants de Bo. Christoff lança un regard noir au golden retriever et grimaça.

— Tu as choisi un bon moment pour insister pour sortir, marmonna-t-il au chien impatient. J'espère que la neige et la température ne vont pas refroidir son désir, le prévint-il.

Le rire d'Edna emplit le chalet et elle enfila son bonnet, son écharpe et ses gants en laine. Elle tapota affectueusement la tête de Bo et lança un regard espiègle par-dessus son épaule, ses lèvres et ses joues teintées d'une belle couleur rouge.

— Si je me refroidis, je connais quelqu'un que ça ne dérangerait pas de me réchauffer, le taquina-t-elle en ouvrant la porte d'entrée afin que Bo et le symbiote de Christoff puissent s'échapper dans l'air glacé. Brrrr ! Je crois que je vais vraiment avoir besoin que quelqu'un me réchauffe cette nuit.

Christoff sourit de plus belle. Il sortit et ferma la porte du chalet en riant. Il prit la main d'Edna et la serra dans la sienne, plus grande.

— Il n'y a rien que je préfèrerais faire, répondit-il. Maintenant, dis-moi qui est cette Gloria.

7

*E*dna ne se souvenait pas de la dernière fois qu'elle avait tant ri. Son regard suivit Christoff qui jouait avec Bo et son symbiote. Elle décida qu'elle devait trouver un nom à la créature. Un nouvel éclat de rire lui échappa quand le symbiote se tourna pour la regarder comme s'il savait à quoi elle pensait et que Bo lui sauta dessus, le faisant rouler dans la neige. Elle fit de grands yeux quand il se releva et s'ébroua. De la neige vola partout et recouvrit Christoff et Bo. De minuscules éclats de cristaux de glace étaient accrochés à son corps, renvoyant des éclairs de lumière scintillante.

— Flash, murmura-t-elle. Je vais t'appeler Flash.

De la chaleur se diffusa en elle à travers les bracelets dorés qu'elle portait, lui montrant que le symbiote était très content de son nouveau nom. Décrétant qu'ils s'amusaient bien trop tous les trois, elle se pencha pour ramasser une poignée de neige et forma une belle petite boule de neige. Elle visa, la lança et toucha Christoff en plein torse. Un petit cri aigu lui échappa quand il se tourna vers elle sous l'effet de la surprise.

— Oh, Seigneur, murmura Edna, réalisant qu'elle avait peut-être initié quelque chose qu'elle n'était pas certaine de savoir comment finir à en juger par la chaleur dans ses yeux. Christoff..., commença-t-elle à dire en reculant.

Un petit hoquet de surprise lui échappa quand son pied se prit dans la neige et qu'elle commença à tomber. Elle se retrouva dans les bras de Christoff avant qu'elle ne touche le sol. Il roula avec elle de façon à ce que ce soit lui qui se retrouve dans la neige et non elle.

— Tu dois faire attention, murmura-t-il en la regardant.

— Comment as-tu fait pour bouger aussi vite ? demanda-t-elle, émerveillée.

L'expression de Christoff devint sérieuse.

— Je ne suis pas aussi rapide que ceux de mon peuple, reconnut-il en tournant la tête pour regarder son symbiote et Bo qui se pourchassaient. Je suis... plus petit comparé aux autres mâles de mon espèce.

Il se retourna pour regarder Edna quand elle posa doucement sa main contre sa joue. Il eut le souffle coupé quand elle pencha la tête pour l'embrasser tendrement avant de la relever pour le regarder à nouveau. Son regard exprimait de l'incertitude, mais aussi autre chose, une tendresse qui réchauffa son âme.

— Je trouve que tu es parfait comme tu es, murmura Edna en le regardant avec une expression sérieuse. Je n'ai jamais aimé les hommes qui sont vraiment grands. C'est difficile quand on doit lever la tête à chaque fois qu'on veut leur parler. Ça donne des torticolis. C'est aussi plus dur pour les embrasser.

Le regard de Christoff descendit vers ses lèvres.

— Est-ce que tu as essayé d'en embrasser beaucoup ? murmura-t-il.

— Seulement un et il est juste comme il faut, répondit Edna en penchant de nouveau la tête.

Elle soupira lorsqu'ils s'embrassèrent. Ils s'étaient plus embrassés au cours des dernières heures qu'elle ne l'avait fait au cours des six dernières années ! Elle avait l'impression d'être une adolescente excitée au lieu d'une mère et d'une grand-mère mature. Elle laissa échapper un gémissement suivi par un petit cri aigu de surprise quand un museau très, très froid toucha sa joue. Elle leva la tête et se tourna pour fusiller Bo du regard.

— Je te jure, Bo, tu as le pire des timings, marmonna-t-elle avant de se rappeler où ils étaient.

Une expression consternée traversa son visage quand elle réalisa que le dos de Christoff devait être un glaçon à l'heure qu'il était.

— Oh, Christoff, tu dois être gelé.

Il émit un petit rire et glissa ses mains vers ses hanches, pressant les siennes contre elle afin qu'elle puisse le sentir. Les lèvres d'Edna formèrent un « O ». Eh bien, au moins cette partie de lui n'était pas froide.

— Je crois que Bo est prêt à rentrer, dit-il d'une voix rauque, grimaçant quand l'intéressé tenta de le lécher. La neige tombe de plus belle et mon dragon sent qu'une tempête approche.

Elle ne lui demanda pas comment son dragon pouvait sentir la tempête en approche, elle se contenta de croire qu'il en était capable. Elle descendit de son torse et rougit quand sa main glissa sous sa taille et qu'elle sentit la preuve de son désir pressé contre son pantalon. Elle se leva et lui tendit une main.

Il roula pour se lever et attrapa sa main tendue quand il fut debout. Il l'attira plus près de lui, se pencha et la prit dans ses bras. Il ignora ses protestations tandis qu'il s'enfonçait dans la neige de plus en plus épaisse.

— Je peux marcher, protesta-t-elle. Je vis dans cette région depuis des années et je peux marcher quand il y a un peu de neige.

Il haussa les épaules.

— Je veux te porter, dit-il. J'aime t'avoir dans mes bras.

Edna réprima son désir de pousser un soupir d'exaspération enfantin et de lever les yeux au ciel. Elle se détendit plutôt contre sa chaleur. Une idée soudaine la fit froncer les sourcils.

— Tu es si chaud, dit-elle tandis qu'il arrivait sous le porche.

Christoff plia les genoux afin de pouvoir ouvrir la porte. Il laissa le temps à son symbiote et à Bo d'entrer avant de les suivre et de refermer derrière lui. Ce ne fut que lorsqu'ils furent dans la chaleur du chalet qu'il la posa.

— Mon dragon me tient chaud, admit-il. Je suis aussi habitué à vivre haut dans les montagnes.

Edna enleva son bonnet et ses gants puis déboutonna son manteau. Elle remercia Christoff d'un sourire quand il la contourna pour l'aider à l'enlever. Il le suspendit à la patère près de la porte avant d'enlever le sien.

— Voilà ce qu'on va faire, dit-elle en traversant le salon. Tu vas rajouter des granulés dans le poêle et une autre bûche dans le feu et je vais nous faire du chocolat chaud et nous réchauffer de la tarte. Ensuite tu pourras me parler de ta montagne et je te parlerai de la mienne.

L'expression de Christoff s'assombrit et une petite moue étira sa lèvre inférieure, le faisant paraître plus jeune qu'il ne l'était. Cette image était renforcée par l'étincelle dans ses yeux, pensa Edna en se détournant. Si elle ne faisait pas attention, elle se retrouverait de nouveau dans ses bras et quelque chose lui disait que la prochaine fois que cela arriverait, le fait qu'ils ne se connaissent que depuis quelques heures n'aurait pas d'importance.

Non, nous serons dans la chambre... ensemble avant la fin de la nuit s'il continue à me regarder comme ça, pensa-t-elle, amusée.

Après être entrée dans la cuisine, elle sortit une petite casserole et prit le lait. Quelques minutes plus tard, elle revenait dans le salon avec deux tasses de chocolat chaud fumantes et deux parts de tarte aux pommes avec de la chantilly, une part plus grande que l'autre, posés en équilibre sur un plateau décoré. Elle se pencha et le déposa sur la table basse ovale. Ses yeux brillèrent d'amusement à la vue de Bo et de Flash roulés en boule dans le grand panier de Bo. Ce dernier s'était endormi, épuisé d'avoir tant joué, et il semblait que Flash n'allait pas tarder à faire de même.

— Flash semble avoir trouvé un ami, fit remarquer Edna en tendant une tasse de chocolat chaud et l'assiette avec la part de tarte à Christoff.

— Flash ? demanda Christoff en fronçant les sourcils et en regardant en direction de son symbiote qui était allongé à côté de la créature à fourrure d'Edna et affichait un air satisfait.

Elle regarda Christoff en arquant un sourcil.

— Je pouvais difficilement continuer de l'appeler ton symbiote et je ne me souviens pas de t'avoir entendu lui donner un autre nom, répondit-elle.

— Je n'ai jamais pensé à lui donner de nom, dit-il en levant la boisson à ses lèvres avant d'écarquiller les yeux de plaisir quand le riche chocolat submergea ses papilles. C'est très bon. Qu'est-ce que c'est ?

— Du chocolat chaud avec de la crème chantilly, gloussa-t-elle en le regardant lécher la crème blanche sucrée sur sa lèvre supérieure. Parle-moi de toi, Christoff. Dis-moi d'où tu viens, demanda-t-elle d'une voix rauque.

— Il n'y a pas grand-chose à dire, répondit-il.

Edna vit les yeux de Christoff s'assombrir. Il prit une autre gorgée de chocolat et resta silencieux. C'était comme s'il avait peur de parler de sa vie. Décidant que si elle lui parlait un peu de la sienne, il pourrait peut-être se détendre, elle poussa un soupir et se carra dans le canapé. Elle prit une autre gorgée de sa boisson et la posa sur la petite table d'appoint avant de se pencher pour prendre sa propre assiette tout en essayant de trouver quoi lui dire.

— Mmm, j'ai toujours eu un faible pour les tartes aux pommes chaudes avec de la crème chantilly, songea-t-elle. Bien sûr, tout va avec la crème chantilly, si tu veux mon avis.

— Tout ? demanda-t-il en regardant la crème blanche et légère puis en la regardant.

Edna agita sa fourchette dans sa direction et rit.

— Tu n'as qu'une seule idée en tête, mon cher extraterrestre, répondit-elle sèchement avant de prendre une bouchée de tarte.

— Ce n'est pas très difficile quand je suis près de toi, murmura-t-il avant de baisser la tête pour se concentrer sur son propre dessert.

— Tu es incroyablement bon pour mon amour-propre, répondit-elle. Hanson l'était aussi, à sa façon. Nous nous sommes rencontrés lors d'une soirée à Hollywood. À l'époque, tout n'était que paillettes, tape-à-l'œil et des sommes indécentes d'argent. Les grands studios avaient le monde dans leur poche et les comédies musicales étaient encore très populaires. J'ai été engagée comme chanteuse pour l'une des nouvelles comédies qui se produisaient avec certains des plus grands noms d'Hollywood à l'époque. Les grands-parents d'Abby travaillaient sur la chorégraphie et la musique tandis que Hanson était l'un des producteurs, sourit-elle en se remémorant cette époque. Cela ne me manque pas, mais c'était agréable de faire partie de cette époque. Il est venu me voir et voilà. Nous avons passé le reste de la soirée à danser et à parler. Nous avons fait cela pendant presque quarante ans avant qu'il s'endorme une nuit et ne se réveille plus.

N'ayant plus faim, elle posa son assiette à côté de sa tasse sur la petite table. Elle détestait être mélancolique. Bien que ces souvenirs soient heureux, ils lui étaient toujours douloureux quand elle pensait au fait que Hanson n'était plus à ses côtés pour les partager avec elle. Tant de ses amis avaient soit déménagé, ou avaient perdu contact avec elle ou étaient décédés qu'elle ressentait parfois un sentiment de solitude accablant en elle et qu'elle se demandait ce que l'avenir lui réservait. La seule chose positive dans sa vie était Shelly, Crystal et Jack.

Christoff se pencha et posa son assiette vide sur la table devant lui. Il s'appuya contre le dossier puis se tourna pour la regarder. Elle affichait de nouveau ce sourire triste et ses yeux brillaient de larmes retenues.

— Tu as de la chance d'avoir eu quelqu'un, murmura-t-il en tendant la main pour toucher la sienne. J'ai passé des siècles seul. Jusqu'à aujourd'hui, je n'avais encore jamais vraiment su à quel point j'étais seul.

Edna le regarda avec une expression perplexe.

— Des siècles ? Comment est-ce possible ? demanda-t-elle.

Christoff retourna la main d'Edna pour fixer sa paume. Il passa son pouce le long de la peau sensible, notant combien elle semblait douce et délicate contre sa main rêche et couverte de cicatrices. Il se demanda jusqu'où aller dans ses révélations puis décida qu'elle méritait de connaître la vérité sur lui avant qu'il ne la revendique.

Non, après ! rugit son dragon en luttant à l'intérieur de lui. *Elle me veut pas.*

Elle pourrait... vouloir de nous si elle savait, répondit Christoff à son dragon dans un murmure hésitant.

Elle veut pas, grogna son dragon en frissonnant. *T'as vu les autres filles au village. Elles se moquent et rient de nous.*

Elle ne s'est pas moquée de moi parce que j'étais plus petit que les autres mâles, se défendit-il. *Elle a dit qu'elle aimait ma taille.*

Elle a pas vu les petites ailes, se lamenta son dragon. *Son dragon veut pas de moi.*

— Christoff, dit Edna d'une voix douce en touchant sa joue. Que se passe-t-il ? Je vois... Je vois quelque chose bouger sur ta peau.

— Mon dragon a peur, avoua Christoff d'une voix douce.

Il lâcha sa main et se leva pour aller près du feu. Il le fixa pendant de longues minutes avant de se retourner pour la regarder.

— Je suis né prématurément. J'aurais dû mourir. C'est ce qui serait arrivé sans la détermination de ma mère et de mon père. À cause de ça, j'étais... différent des autres jeunes du village. J'étais plus petit, pas aussi fort, et...

Il marqua une pause et jeta un coup d'œil vers Flash qui se trouvait dans le panier à côté de Bo. Son symbiote leva la tête et posa des yeux tristes sur lui. Il regarda brièvement Edna avant de se retourner pour fixer le feu.

— Et..., demanda-t-elle en se levant du canapé en cuir brun foncé.

Christoff déglutit et redressa les épaules. Il ignora le hurlement de son dragon qui tourna sur lui-même avant de s'allonger et d'enfouir sa tête de chagrin. Edna méritait de connaître la vérité à son sujet.

— Mon symbiote et mon dragon étaient aussi plus petits, dit-il en se tournant pour la regarder. J'étais vu comme inapte à être un guerrier, indigne d'être l'âme sœur d'une femelle. Mon dragon ne peut pas voler. Ses ailes ne se sont jamais développées comme elles l'auraient dû et ne peuvent pas supporter notre poids. Je suis... déficient en tant que guerrier.

Edna secoua la tête et tendit une main pour toucher sa joue. Il tourna la tête contre sa paume et ferma les yeux. Il était si agréable d'être touché. Il était terrifié à l'idée que maintenant qu'il avait découvert comment c'était d'être avec quelqu'un d'autre, quelqu'un qui le comblait, il lui serait impossible de revenir à la solitude qui avait empli sa vie auparavant.

— Je t'ai déjà dit que tu me plais comme tu es, dit-elle en le regardant. Ni trop grand, ni trop petit, juste comme il faut, comme dirait Boucle D'Or. Je n'ai jamais vu de dragon, alors je ne saurais pas quoi penser en premier lieu.

— Est-ce que... Est-ce que tu aimerais le voir ? Mon dragon ? demanda Christoff avec une expression incertaine. Comme ça tu sauras ce que je suis.

Edna cligna plusieurs fois les yeux de surprise. Il voyait son hésitation et un mélange de peur et d'incertitude. Il se prépara à sa réponse alors que son dragon rugissait de rage contre lui. Il grimaça quand il sentit ses griffes acérées lui labourer les entrailles.

— Est-ce que tu peux te transformer... ici ? demanda-t-elle en désignant le salon. Je veux dire, les dragons ne sont pas censés être énormes ? Même les petits ?

Christoff regarda le salon en fronçant les sourcils. Il devrait bouger les meubles mais son dragon tiendrait dans la grande pièce ouverte.

— Je vais pousser les meubles mais je peux tenir, lui assura-t-il.

Edna poussa un petit soupir et gloussa tout en secouant la tête d'incrédulité. Elle lui fit un signe de la main et lui sourit. Il pouvait voir qu'elle avait peur mais elle n'en dit rien.

Pas encore, grogna son dragon, frustré. *Elle me veut pas. Elle m'aime pas quand elle me voit.*

Il faut qu'on le fasse, ordonna Christoff. *Elle mérite d'avoir le choix.*

Je t'aime plus, lança sèchement son dragon.

Christoff resta silencieux. Il fit un signe de tête à Edna et commença à bouger les meubles tandis qu'elle prenait la vaisselle sale et l'emmenait dans la cuisine. Il entendit l'eau couler pendant qu'elle la lavait. Il jeta un coup d'œil à son symbiote puis expira une grande bouffé d'air avant d'appeler son dragon. Plusieurs essais furent nécessaires avant que son dragon ne réponde enfin. Ses yeux se fermèrent quand il sentit la transformation familière le traverser.

Il resta figé, les yeux fermés contre le rejet que son dragon et lui étaient certains de subir. Il n'en voudrait pas à Edna si elle les rejetait. Aucun membre de son espèce ne l'avait accepté à l'exception de sa mère et son père.

Une image des jeunes ainsi que de leurs parents lui traversa l'esprit. La surprise s'empara de lui quand il se rendit compte qu'ils l'avaient accepté. Puis vint une autre image, celle du petit dragon noir avec les magnifiques plumes et le visage de son père qui la tenait dans ses bras. Tous les autres dragonnets et leurs deux compagnons avaient également regardé au-delà de ses différences et avaient vu l'âme qui se trouvait en-dessous.

Il ouvrit lentement les yeux et fixa Edna. Elle était immobile et le regardait avec admiration. Ses yeux suivirent sa main tremblante quand elle la leva pour repousser une mèche de cheveux gris et argentés de son visage. Son dragon tremblait également quand elle fit un pas vers lui.

— Est-ce que je peux te toucher ? demanda-t-elle d'une petite voix.

Christoff renifla et hocha lentement la tête. Il la baissa quand elle tendit la main pour lui toucher le museau. Bien qu'il fût plus petit qu'un dragon moyen, il restait plus grand qu'elle. Il sursauta quand son dragon cracha une bouffée d'air chaud autour de sa main.

Le petit rire d'Edna le captiva. Il frotta affectueusement son nez contre sa paume avant de la lécher. Un autre éclat de rire résonna dans la pièce. C'était une chose qu'il apprenait sur Edna : elle aimait rire.

— Tu es si beau, murmura-t-elle en caressant sa tête et sa mâchoire.

Ses paupières se fermèrent quand elle traça délicatement le contour de plusieurs écailles le long de sa mâchoire. Il émit un reniflement espiègle et un gémissement ravi lui échappa quand elle fit courir ses doigts autour de sa narine gauche avant de remonter le long de son museau jusqu'à son front. Le plaisir se transforma en un grondement gêné lorsqu'elle fit glisser sa main le long de son cou jusqu'à son épaule. Elle allait voir ses ailes déformées. Il tourna la tête et examina son expression quand elle les regarda.

Un grondement sourd d'avertissement lui échappa quand elle

tendit la main vers elles. Elle figea son geste et se tourna pour le regarder. S'humectant les lèvres, elle prit une profonde inspiration et continua à avancer la main.

Elle va les toucher, gémit son dragon au désespoir. *Elle les voit.*

Oui, murmura Christoff. *Elle les voit.*

Au plus profond de lui, il se prépara à son rejet tandis qu'une autre partie de lui se réjouissait qu'elle ne se soit pas enfuie... pas encore. L'excitation commença à croître quand il sentit sa main caresser ses petites ailes. Il pencha la tête quand elle en leva prudemment une.

— Tu es la plus belle créature que j'ai vue de ma vie, murmura-t-elle en secouant la tête, stupéfaite. Je ne comprendrai jamais que tu aies pu t'inquiéter que je ne t'accepte pas sous cette forme. Tu es incroyable.

Christoff balança sa queue et l'enroula autour d'Edna avant de pivoter afin de pouvoir lui lécher la joue. Son rire étouffé emplit son âme d'émerveillement tandis qu'elle passait ses bras autour de sa tête et déposait un baiser entre ses deux yeux. Incapable de se retenir, il se retransforma en sa forme bipède et l'attrapa quand elle chancela.

— Tu es vraiment mienne, murmura-t-il d'une voix sombre et rauque emplie d'émotion.

8

*P*lus tard ce soir-là, Christoff sortit de la douche dans la chambre d'amis. Il regarda le grand lit d'un air maussade. Le grand lit vide, pensa-t-il avec regret.

— Ça ne me plaît pas non plus, grommela-t-il quand son dragon renâcla de dégoût.

— Christoff, je pensais que tu voudrais peut-être porter... Oh, Seigneur, murmura Edna, debout dans l'embrasure de la porte et fixant le corps presque nu de Christoff.

Un petit gémissement lui échappa.

— Il devrait y avoir une loi contre les hommes de ton âge aussi beaux.

Christoff se retourna quand il entendit Edna. Un sourire sexy se dessina lentement sur ses lèvres. Il arqua un sourcil et ses doigts descendirent vers la serviette enroulée autour de sa taille. Cela ne le dérangeait pas de faire un coup bas si cela l'empêchait de passer un jour de plus de sa longue vie seul.

— C'est pour moi ? demanda-t-il innocemment en commençant à dénouer la serviette au niveau de son ventre plat.

— Ne... Ne t'avise pas ! souffla Edna d'une voix légèrement rauque. Christoff, tu n'oserais pas... Oh, bon sang, si !

Christoff laissa tomber la serviette qu'il portait. Il était si excité que la serviette n'aurait de toute façon pas pu masquer son désir. De plus, autant faire savoir à Edna l'effet qu'elle avait sur lui.

— Il fait chaud ici, répondit-il en s'approchant d'elle. La seule chose qui me donnerait encore plus chaud serait de t'avoir à mes côtés.

Il vit Edna déglutir, les yeux rivés sur son excitation. Un sourire coquin se dessina sur ses lèvres quand il sentit sa verge réagir à son appréciation et se redresser. Le petit sifflement qu'elle émit lui apprit qu'elle n'était pas insensible à son corps.

— Tu es très…, commença-t-elle à dire avant de se forcer à lever les yeux jusqu'à croiser les siens d'un or foncé. Tu l'as fait exprès.

Christoff eut un petit rire et s'approcha.

— Oui, j'ai décidé que j'avais passé assez de temps seul. Je souhaite ne plus jamais être seul, dit-il d'une voix qui s'adoucit avant de redevenir sérieux quand il tendit une main pour caresser sa joue. Une âme sœur est un cadeau de la déesse, Edna. Un guerrier sait quand il l'a trouvée.

— Comment ? Comment peux-tu en être sûr ? demanda-t-elle en le fixant.

Il fit glisser sa main le long de son bras et leva son poignet afin qu'elle puisse voir les bracelets d'or qui paraient ses poignets. Il se pencha et y déposa un baiser. Ses yeux s'assombrirent lorsqu'il sentit son pouls accélérer.

— Les trois parties d'un guerrier valdier doivent accepter une femelle pour qu'elle soit son âme sœur. Mon symbiote t'a revendiquée, sinon il ne t'aurait pas donné ces bracelets. Mon dragon me lacère pour te mordre. Et moi… Depuis que tu es tombée dans mes bras ce matin, je n'ai pas pu résister à l'envie de te toucher. C'est un cadeau, Edna, un cadeau pour lequel je vais me battre.

Edna ferma les yeux un instant avant de les rouvrir. Elle s'écarta, pivota et se dirigea vers la commode afin d'y poser le pantalon de survêtement qu'elle avait trouvé. Elle se retourna et regarda Christoff avec un sourire triste.

— Je ne suis plus aussi mince et aussi en forme que dans ma

jeunesse. Mes seins tombent un peu, mon ventre n'est pas plat et mes hanches sont un peu plus larges qu'avant, dit-elle avec un rire gêné. Je n'ai pas été avec un homme depuis plus de cinq ans, mais si cela ne te gêne pas que je ne sois plus aussi jeune qu'avant, j'adorerais t'avoir à mes côtés cette nuit... et toutes les nuits après ça.

Christoff poussa un profond soupir et hocha la tête. Il avança et prit la main qu'elle lui tendait. Ensemble, ils traversèrent le salon et se dirigèrent vers sa chambre. Il se força à refouler la vague de panique qui croissait en lui, se demandant s'il devait lui dire qu'il n'avait encore jamais été avec une femelle.

NON ! lança sèchement son dragon. *Tu me laisses faire. Je sais quoi faire.*

Tu n'as encore jamais été avec un autre dragon, alors comment tu es censé savoir ? grommela silencieusement Christoff tandis qu'Edna lâchait sa main et tirait sur le lien enroulé autour de sa taille.

Tais-toi ! insista son dragon. *Je veux pas la faire fuir.*

— Edna, murmura Christoff d'une voix rauque quand elle fit glisser son peignoir et le jeta sur une chaise non loin.

Elle se tourna pour le regarder. Il put voir l'incertitude dans ses traits et comprit qu'elle pensait qu'il hésitait. Il ne pourrait jamais lui laisser penser que c'était à cause d'elle.

— Je comprendrais si tu as changé d'avis, dit-elle avec un rire légèrement embarrassé.

— Tu as dit que ça fait cinq ans que tu n'as pas été avec un homme, commença à dire Christoff en prenant sa joue dans sa paume afin de la forcer à le regarder.

— Oui, répondit-elle.

— Je n'ai encore jamais été avec une femelle, avoua-t-il d'une voix bourrue. Est-ce que tu veux bien m'apprendre ?

~

L'espace d'un instant, Edna crut avoir mal compris Christoff. Elle pencha la tête et le fixa en fronçant les sourcils. Venait-il vraiment de dire qu'il n'avait encore jamais été avec une femme ? Elle devait sans doute avoir mal compris.

— Pardon ? Est-ce que tu viens de dire que tu n'as encore jamais été avec une femme ? demanda Edna d'une voix un peu plus aiguë qu'elle ne l'aurait voulu.

Malgré la faible lumière projetée par sa lampe de chevet, elle put voir ses joues prendre une teinte plus foncée. Elle cligna plusieurs fois des yeux, essayant de comprendre ce qu'il venait réellement de dire. Elle devait l'avoir mal compris. Il était impossible qu'il puisse être... vierge, n'est-ce pas ?

— Oui, admit-il en grimaçant. Mon dragon dit que je n'aurais pas dû te dire ça.

Un fou rire s'échappa d'Edna et elle dut se couvrir la bouche pour le contenir. Elle était une femme de soixante-cinq ans au milieu de sa chambre et parlait avec un mâle extraterrestre qui était non seulement vierge mais qui se disputait avec son dragon pour savoir s'il aurait dû ou non l'avouer. Pour couronner le tout, il voulait qu'elle lui apprenne à faire l'amour. C'était presque aussi terrible que sa lune de miel, mais la situation était inversée.

— Je... Je suis désolée, murmura-t-elle quand un autre rire nerveux lui échappa. C'est juste que... C'est une première pour moi.

Christoff se renfrogna et croisa les bras sur son torse.

— Pour moi aussi et c'est pour ça que je te l'ai dit, dit-il en levant le menton.

— Oui, bien sûr, marmonna Edna, s'éventant et se demandant si elle allait de nouveau avoir des bouffées de chaleur. Je... j'ai besoin d'un instant.

Il lui fallait plus qu'un instant, elle avait besoin d'une boisson forte. Un vierge. Bon sang, la seule personne vierge qu'elle ait jamais connue, c'était elle ! Enfin, et Shelly. Elle n'avait pas non plus géré au mieux cette conversation. Hanson avait dû la rejoindre et prendre le relais. Si ses souvenirs étaient bons, cette discussion avait impliqué une bouteille de vin et de nombreux rires embarrassés.

— De combien de temps tu as besoin ? demanda Christoff, curieux. Mon dragon veut savoir.

Edna laissa échapper un rire légèrement hystérique.

— Est-ce que… Est-ce qu'il va être avec nous tout le long ? demanda-t-elle en essayant de garder un visage impassible.

— Bien sûr, répondit Christoff. Il fait partie de moi et il fera partie de notre accouplement.

— Super, un ménage à trois, murmura-t-elle. Cette nuit est pleine de premières pour nous tous.

Christoff la regarda d'un air perplexe.

— C'est une bonne chose ? demanda-t-il en penchant la tête quand elle se remit à rire. C'est quelque chose que tu vas apprécier, n'est-ce pas ?

Edna expira bruyamment et sourit.

— Comme tu l'as si bien dit, c'est une nuit pour les premières. Je suis certaine que nous allons passer un moment merveilleux ensemble… tous les trois. Flash ne va pas se joindre à nous, si ? demanda-t-elle faiblement en portant une main à sa gorge.

Christoff fronça les sourcils.

— Je peux lui demander si tu le souhaites, répondit-il.

— Non ! Non, ça ira, murmura Edna en secouant la tête. Je pense qu'il y aura déjà assez de monde dans le lit comme ça.

— Alors, par quoi on commence ? demanda Christoff en laissant tomber ses bras le long de son corps.

Les yeux d'Edna vinrent brusquement se poser sur son visage. L'excitation qu'elle y vit la fit rire doucement. Elle se sentit soudain jeune, folle et libre. Elle tendit les mains pour attraper le bas de sa chemise de nuit. Elle allait devoir investir dans quelque chose d'un peu plus sexy que son shorty en flanelle. Elle la passa par-dessus sa tête et la jeta sur le côté avant de s'avancer pour faire glisser ses mains le long du torse large de Christoff.

— Pour l'instant, on s'embrasse, murmura-t-elle en le faisant reculer jusqu'à ce qu'il s'assoie au bord du lit. Et on y va lentement, une caresse à la fois.

9

*C*hristoff passa ses bras autour d'Edna, l'attirant sur lui tandis qu'il s'allongeait contre les oreillers. Il ouvrit la bouche et dévora avidement ses baisers tel un mourant prenant son dernier souffle. Il ignorait comment il était arrivé dans cet étrange monde magique. S'il rêvait, il espérait ne jamais se réveiller. C'était sa prochaine vie. Son corps n'était peut-être pas entier et intact, mais cela n'avait plus d'importance. Tout ce qui comptait, c'était qu'après tant de siècles, une âme sœur, sa partenaire dans la vie, lui avait enfin été offerte.

Ses mains descendirent sur ses hanches et un petit gémissement lui échappa quand il se pressa contre elle. Il sentait les vagues de feu de dragon croître en lui, désespérées de sortir. Il rompit leur baiser et fit courir ses lèvres le long de sa mâchoire.

— Oh ! murmura Edna quand il la mordilla.

— Je veux te toucher, murmura-t-il contre sa peau. Partout.

Edna se pencha assez en arrière pour pouvoir le regarder. Un sourire tendre se dessina sur ses lèvres. Il ressemblait à un petit garçon à Noël qui ne savait pas quel cadeau ouvrir en premier.

— Je trouve que c'est une merveilleuse idée, dit-elle avec un sourire légèrement tremblant. Cela ne me dérangerait pas non plus d'explorer tout ton corps.

Christoff roula afin qu'ils soient allongés l'un à côté de l'autre. Il plongea dans ses yeux, essayant de voir ce qui lui procurait le plus de plaisir à mesure qu'il faisait glisser ses mains sur elle. Ses doigts s'aventurèrent sur sa hanche et son ventre. Il marqua une pause lorsqu'il rencontra de douces boucles. Curieux, il la poussa doucement sur le dos et s'assit.

— Tu es douce, fit-il remarquer en caressant la délicate toison de ses doigts. Ça me plaît.

Edna émit un rire étouffé et secoua la tête.

— J'en suis ravie. J'ai conservé un peu ma silhouette grâce au yoga mais ce n'est plus ce que c'était quand j'étais jeune, rétorqua-t-elle d'un ton taquin. Tu es sûr que tu n'as jamais fait ça avant ? ajouta-t-elle en frissonnant quand il frôla son point sensible de son doigt.

— Ça te plaît. Je peux voir ton visage rougir et ton cœur bat la chamade, répondit-il en souriant.

— Voyons comment tu vas réagir quand je vais t'explorer, mon extraterrestre curieux, rétorqua-t-elle avec un petit sourire, décidant qu'elle aussi pouvait jouer un peu.

Christoff écarquilla les yeux et il prit une profonde inspiration quand Edna s'assit soudain et enroula sa main autour de sa verge lancinante. Un instant plus tard, il haletait. Sa main glissait de haut en bas sur sa verge, de la base jusqu'à son bout rond avant de revenir à la base en de longues et lentes caresses insoutenables.

— Edna, gémit-il.

— Allonge-toi, Christoff, murmura-t-elle, se tournant quand il lui obéit. Je pense que cette première fois devrait être rien que pour toi.

Il secoua la tête.

— Ça devrait être pour nous deux, Edna, dit-il d'une voix rauque. Tu es mon âme sœur. Tu passeras toujours en premier.

Edna gloussa.

— Pas cette fois, mon extraterrestre vierge. Cette fois, c'est juste pour toi, le taquina-t-elle en baissant la tête pour l'embrasser.

Christoff se tendit vers elle. Ses lèvres taquinaient sa peau en même temps que sa main caressait sa verge. Il lâcha ses hanches pour s'agripper aux couvertures quand elle commença à descendre le long de son corps. Un léger film de sueur recouvrit son front et il fixa le plafond en se demandant quand elle allait s'arrêter tout en espérant qu'elle ne le fasse jamais.

— Edna ! s'étrangla-t-il quand il sentit sa bouche chaude et humide recouvrir le bout rond de sa verge. Grande déesse toute puissante !

Son regard resta figé à la vue des lèvres d'Edna encerclant amoureusement sa verge. Il sentait la chaleur croître en lui. Son dragon ronronnait si fort qu'il était surpris qu'Edna ne l'entende pas !

Ses hanches se mirent instinctivement à bouger en rythme avec sa tête. La sensation de sa longue tresse frottant l'intérieur de sa cuisse était comme si quelqu'un le caressait avec du feu jusqu'à ce qu'il s'enflamme avec une telle force qu'il lui devint difficile de respirer. Son corps se raidit et il aurait juré que la montagne avait de nouveau tremblé quand il jouit.

Il mit plusieurs minutes à réaliser qu'il était toujours en vie. Forçant ses doigts raides à lâcher les couvertures, il tendit des mains tremblantes pour caresser les cheveux d'Edna. Son membre frissonna quand elle libéra sa verge en faisant glisser ses lèvres autour avec un petit gémissement de plaisir.

Ses lèvres roses lui sourirent. Il se tendit vers elle pour l'enlacer puis se rallongea et leva une main pour prendre son menton avant de se pencher vers elle pour l'embrasser sans la quitter des yeux. Il sentit sa propre essence sur ses lèvres. Le souvenir de ce qu'elle venait de faire raviva le brasier en lui.

— À mon tour maintenant, grogna-t-il en roulant jusqu'à ce qu'elle soit piégée sous lui. Je vais te faire la même chose.

— Christoff ! haleta Edna quand il commença à descendre le long de son corps avec une facilité qui démentait son expérience. Tu es sûr que tu n'as jamais fait ça avant ? gémit-elle en s'agrippant à ses épaules quand il commença à sucer ses mamelons. Oh, oui ! Oh, oui !

Christoff décida sur le champ qu'il commencerait toujours par l'embrasser, centimètre carré par centimètre carré. Il porta son attention sur son autre mamelon. Il avait aussi durci et gonflé. Il lui était d'autant plus facile de les pincer entre ses doigts.

Il découvrit rapidement que plus il jouait avec eux, plus elle criait fort et s'agitait. Sa verge était de nouveau lancinante et il voulait s'enfoncer en elle, il en avait besoin. Cette idée le choqua.

Se concentrant sur sa première intention, il descendit le long du ventre d'Edna jusqu'au douces boucles entre ses jambes. Elle s'arqua immédiatement et écarta les jambes pour lui. La douce odeur de son excitation lui mit l'eau à la bouche. Il se demanda si son goût était aussi bon que son odeur.

— Nom d'un bouton de rose, cria Edna. Oh, Christoff !

Ce dernier ne savait absolument pas ce qu'était un doux bouton de rose, mais il savait que lorsqu'il écarta la peau douce qui protégeait le point sensible qu'il avait trouvé plus tôt, elle aima vraiment cela. Il écarta la peau protectrice et lécha le petit bout, appréciant de le voir gonfler sous ses caresses.

Oui, tu lèches, je mords, on fait bien, fanfaronna son dragon, ravi. *Ma compagne ! J'ai ma compagne.*

Christoff essaya de repousser son dragon, mais la maudite chose était déterminée à arriver à ses fins cette fois. Il sentait le feu de dragon croître à tel point qu'il crut qu'il allait exploser quand la pression atteignit des niveaux insoutenables. Il savait instinctivement ce que c'était et ce qu'il devait faire. Il n'était simplement pas certain de savoir ce qui allait se passer s'il le faisait.

Je mords, maintenant, je mords, grogna son dragon.

Christoff sentit les écailles de son dragon onduler le long de son cou et sur ses épaules. Il s'efforça de garder le contrôle mais son dragon n'en avait aucun. Ils étaient tous les deux bien trop profondément plongés dans leur besoin de leur compagne. Il sentit ses dents s'allonger et sut que cette nuit, il aurait sa compagne.

Ou on meurt, gémit son dragon.

Mourir ?! Qu'est-ce que tu entends par « on meurt » ? s'étrangla Christoff au moment même où il sentit sa tête tourner et qu'il enfonça ses dents dans la cuisse d'Edna.

Son cri surpris le déchira alors même qu'il insufflait le feu de dragon dans ses veines. Il le sentait se déverser en elle. Elle commença par lui résister avant qu'un grand gémissement ne lui échappe et qu'elle ne se mette à se tordre dans ses bras. Il glissa ses mains sous ses cuisses et les maintint ouvertes pour lui tandis qu'il continuait à insuffler le feu de son dragon en elle. Ce ne fut que lorsqu'il sentit qu'il lui avait insufflé tout le feu qu'il passa sa langue sur la marque qu'il avait laissée. Si la déesse les en pensait dignes, un nouveau dragon naîtrait ce soir-là. Un dragon qui guérirait son âme brisée.

Christoff tourna des yeux torturés vers Edna.

— Tu es mienne, Edna. Je te revendique comme mon âme sœur. Aucun autre ne pourra t'avoir. Je vivrai pour te protéger. Tu es mienne et je t'aimerai et te protégerai pour l'éternité, murmura-t-il sachant qu'il lui répéterait ces mots encore et encore avant que la nuit ne laisse place à l'aube.

Se penchant en avant, il referma sa bouche sur le petit bout et le suça avec force tout en insérant deux doigts dans son vagin glissant. Il la sentit pulser autour de lui. Son désir croissait à mesure que la chaleur du feu de dragon s'emparait d'elle.

Il ressentit la première vague déferler, déclenchant un orgasme puissant en elle qui la laissa tremblante et haletante. Il se redressa et glissa le long de son corps, le touchant et en embrassant chaque centimètre carré. Son propre corps était dur et lancinant de désir. Cette nuit-là, il l'emplirait de l'essence de son dragon.

— J'ai besoin de toi, Edna, gémit-il en se tenant au-dessus d'elle.

Cette dernière écarta les jambes et tendit une main entre eux afin de le guider en elle. Elle le fixa avec de grands yeux vert clair emplis de désir. Elle entrouvrait les lèvres mais il sentait que la vague suivante s'élevait. Se penchant, il captura son cri en même temps qu'il la pénétra. Cela se révéla être le catalyseur nécessaire pour amener la vague à son paroxysme et elle éclata autour d'eux, les aspergeant d'un feu qui allait durer toute la nuit.

◇

Edna se réveilla en sursaut, désorientée l'espace d'un instant. Son

corps lui donnait l'impression d'être en feu. Ce n'était en rien compa-
rable aux bouffées de chaleur qu'elle avait connues. Cela avait été de la
tarte à côté. Non, c'était un véritable brasier.

Son corps s'arqua quand une autre vague déferla en elle. Elle sentit
une humidité chaude s'accumuler entre ses jambes. Un petit gémissement lui échappa et elle roula, venant buter contre un corps dur et
chaud. Christoff ! Elle ne savait pas ce qu'il lui avait fait, mais elle avait
l'impression qu'elle allait mourir s'il ne faisait rien pour atténuer la
chaleur. Elle s'assit puis glissa une jambe par-dessus lui afin de
pouvoir le chevaucher. Elle se souleva juste assez pour que sa verge
dure puisse entrer dans son vagin glissant.

— Edna, murmura Christoff en se réveillant immédiatement.
Le feu...

— Ça brûle, Christoff, gémit Edna en penchant la tête tout en
posant ses mains sur son torse. Il faut que tu l'éteignes.

Christoff agrippa ses hanches afin de la maintenir tandis qu'il
tendait les siennes vers elle en même temps qu'il l'attirait contre lui.
Elle sentit chaque délicieux centimètre de son membre quand il l'em-
pala. Jamais encore n'avait-elle voulu, n'avait-elle eu besoin de quelqu'un comme c'était le cas avec lui. Il n'y avait rien d'humain dans leur
accouplement. Ce fut poussée par un besoin primitif qu'elle
commença à le chevaucher avec une énergie qu'elle n'avait pas
ressentie depuis des années.

— Oui, ma belle compagne, murmura Christoff en la regardant
d'un air émerveillé. Jouis pour moi. Cette nuit, un nouveau dragon
naîtra.

Edna avait vaguement conscience des marques vert pâle qui
couraient le long de ses bras. Elle pensait qu'elles étaient le fruit de
son imagination. Elle n'avait pas d'écailles après tout. Christoff en
avait, de magnifiques écailles rubis et argent qui dansaient sur sa peau
quand ils faisaient l'amour.

Son corps trembla et son cœur palpita un instant quand le feu
gagna en puissance. Elle sentit Christoff l'attirer contre lui mais tout
était flou. Son cœur battait trop vite, trop fort. Dans un coin de son

esprit, elle craignait d'être en train de faire une crise cardiaque. Elle avait du mal à reprendre son souffle.

— Christoff ? gémit Edna quand il lui inclina la tête sur le côté.

— Accepte-moi, Edna, murmura-t-il. Accepte nos dragons.

— Oui, gémit-elle avant de crier quand il enfonça de nouveau ses dents en elle, dans son cou cette fois, et qu'il ralluma le brasier.

Ses veines s'enflammèrent et la transformation qui avait débuté quelques heures plus tôt explosa, achevant de transformer son sang, ses organes, son essence même. Au plus profond d'elle, une autre étincelle prit soudain vie. Elle vacilla l'espace d'un instant, s'éteignant presque, mais le cri bas et triste d'un dragon mâle la retint, l'encourageant jusqu'à ce qu'elle revienne à la vie.

Mon âme sœur, souffla son dragon en regardant sa compagne naître.

$\mathcal{L}$e lendemain matin, Edna leva les yeux du petit-déjeuner tardif qu'elle préparait quand elle entendit Bo aboyer avec excitation. Elle eut un instant de panique. Elle avait oublié que Shelly, Jack et Crystal lui apportaient un sapin de Noël ce jour-là. Son regard se dirigea vers la chambre du fond où Christoff dormait encore. Elle s'était levée pour sortir Bo afin qu'il puisse faire ses besoins du matin et pour nourrir Gloria.

— Chut, Bo, ordonna-t-elle en se mordant la lèvre. Sois sage. Toi aussi, Flash ! Va avec Christoff.

Le symbiote s'était levé du tapis devant le feu et s'était transformé en une grande bête qu'Edna aurait juré être un croisement entre un lion et un tigre à dents de sabre. Il fixait la porte en émettant un grognement sourd. Elle imaginait très bien la tête de Jack et Shelly s'ils entraient et le voyaient.

Elle s'essuya les mains, s'approcha de Flash et le toucha. Le symbiote se calma immédiatement sous sa main. De la chaleur l'envahit en réponse à sa douce caresse.

— C'est ma famille, Flash. Il faut que tu ailles avec Christoff et que tu restes avec lui jusqu'à ce que je vous appelle. Il faut que j'explique à propos de Christoff et toi avant qu'ils ne vous voient, lui expliqua-t-elle. S'il te plaît.

Flash renâcla et secoua la tête avant de se tourner à contrecœur en direction de la chambre. Edna poussa un soupir de soulagement. Essuyant ses mains sur son jean, elle écouta le bruit des portières de voiture se fermer. Elle jeta un dernier coup d'œil à la chambre avant d'ouvrir la porte.

— Salut maman, lança Shelly.

— Salut Edna, dit Jack en commençant à défaire les cordes qui retenaient le sapin de Noël sur le toit du SUV.

L'expression d'Edna s'adoucit quand elle regarda sa petite-fille de treize ans se débattre un instant dans l'épaisse neige. Elle frotta ses mains contre le froid mordant et regarda Bo partir en courant pour voir ce que faisaient Jack et Shelly.

— Entre, Crystal, dit Edna en souriant. Ça te plaît, la neige ?

Crystal fit une grimace en s'avançant vers elle. Edna poussa un soupir. La jeune fille traversait une passe difficile. Les quelques fois où elle s'était rendue à la maison, Shelly s'était plainte que les sautes d'humeur de Crystal devenaient insupportables.

— Ça va. C'est un peu dur de marcher dedans, marmonna Crystal en passant devant Edna.

Celle-ci acquiesça et emboîta le pas à sa petite-fille qui entra dans la maison. Elle ferma la porte et aida Crystal avec son manteau. La jeune fille se pencha maladroitement pour enlever sa botte.

— Tu as une nouvelle prothèse, fit remarquer Edna en voyant la partie inférieure d'allure futuriste de la jambe gauche de Crystal.

— Ouais, je l'ai eue la semaine dernière. Il va falloir que je m'y habitue, répondit-elle en haussant les épaules.

Edna hocha la tête. Crystal avait perdu sa jambe dans un accident de voiture qui avait tué sa meilleure amie ainsi que la mère de cette dernière, deux ans auparavant. Depuis, la jeune fille était passée de douce et extravertie à très sérieuse. Elle ne quittait plus que rarement la maison. Edna avait été hésitante quand Shelly lui avait dit que Crystal serait scolarisée à la maison, craignant que cela n'encourage la jeune fille à se renfermer encore plus sur elle-même. La seule chose qui semblait l'aider, c'était l'amour de sa petite-fille pour la musique.

Edna se retourna quand la porte s'ouvrit et que Shelly et Jack entrèrent en portant le sapin. Un frisson la parcourut lorsqu'une rafale d'air glacé s'engouffra derrière eux. Bo suivit, s'ébrouant et envoyant des gouttes de glace partout. Elle ferma la porte et se dépêcha d'aller dans la cuisine pour y prendre un torchon avant d'essuyer rapidement la neige fondue par terre afin que le sol ne soit pas glissant.

Son regard se dirigea vers la porte de la chambre qui était pour l'heure fermée. Elle espérait que Christoff resterait assez longtemps dans la chambre pour qu'elle ait le temps d'expliquer la situation à sa famille. Elle retourna dans le salon et sourit nerveusement à sa fille alors qu'ils redressaient le sapin.

— C'est un beau sapin. Comment était la route pour venir ? Ça peut parfois être un peu difficile, commenta Edna en essuyant l'eau.

— Ce n'était pas aussi terrible que je le pensais. On aurait dit qu'un chasse-neige était passé un peu plus tôt, répondit Jack en se penchant pour serrer les vis du support. Nous sommes arrivés au magasin de sapin de Noël à la première heure. Crystal nous a aidés à le choisir.

— Espérons qu'elle nous aidera aussi à le décorer, ajouta Shelly en jetant un coup d'œil vers Crystal, qui était assise sur le canapé et jouait sur son téléphone.

— Oui, eh bien cela serait merveilleux. Combien de temps comptez-vous de rester ? demanda Edna en jetant un nouveau coup d'œil vers la chambre ; avait-elle entendu un bruit ? J'ai oublié de sortir les décorations de l'atelier.

— Je vais aller les chercher, dit Jack.

— Ce serait merveilleux, lui répondit Edna avec un sourire soulagé.

— Viens, Bo. Tu peux m'aider, dit Jack en ajustant son bonnet.

Edna regarda son gendre disparaître dehors. Elle poussa un soupir de soulagement et se tourna pour regarder le sapin. Au lieu de cela, son attention fut attirée par l'expression sévère de sa fille.

— Qu'est-ce qui se passe ? Je ne t'avais pas vue aussi fatiguée depuis que les dames aux chapeaux rouges et toi avez finies saoules au club de golf Noël dernier et que tu as dû m'appeler pour que je vienne te chercher, dit Shelly en croisant les bras sur sa poitrine.

— Qu'est-ce qui te fait croire qu'il se passe quelque chose ? demanda Edna en levant une main pour repousser ses cheveux de son visage.

Shelly la regarda d'un air critique pendant de longues secondes. Edna grimaça et détourna les yeux. Elle avait oublié comment c'était d'être une adolescente.

— Ta chemise est à l'envers, commenta Crystal sans lever les yeux. Et t'as un suçon dans le cou.

— J'ai un..., dit Edna, écarquillant les yeux et sentant ses joues chauffer.

— Un suçon ! Où ? exigea Shelly en s'approchant de sa mère.

Edna couvrit la marque dans son cou et lança un regard noir à Crystal qui l'ignora. Elle grimaça quand sa fille tendit la main et écarta la sienne. Elle recula et lissa son chemiser, remarquant que Crystal avait raison, il était à l'envers.

— Je... Il faut que je vous dise quelque chose, commença Edna.

Les choses se seraient beaucoup mieux passées si la porte d'entrée et celle de la chambre ne s'étaient pas ouvertes en même temps. Edna ne sut dans qu'elle direction regarder en premier. Elle entendit le carton que portait Jack tomber par terre en même temps que Bo aboya, que Shelly poussa un petit cri surpris, que Crystal poussa une exclamation qui ressemblait étrangement à « Waouh, alerte beau gosse ! » et que Christoff émergea de la chambre.

— Maman ? dit Shelly d'une petite voix aiguë, reculant et percutant Jack.

— C'est quoi ce bordel ? marmonna ce dernier, figé et incrédule

— Waouh, mamie ! Pas mal le petit copain, souffla Crystal en regardant Christoff d'un air impressionné.

Le regard d'Edna passa des uns aux autres avant qu'elle ne finisse par lever les mains en l'air. Elle fusilla Christoff du regard. Il se contenta de lui sourire de ce maudit sourire qui faisait fondre son cœur.

— J'ai besoin d'un café... avec du whisky, grogna-t-elle en tournant les talons en direction de la cuisine.

— Maman ? cria Shelly.

Edna se retourna et regarda sa fille en poussant un soupir exaspéré.

— Voici Christoff. Il... reste avec moi, déclara-t-elle avant d'entrer dans la cuisine.

Edna entendit Jack s'éclaircir la gorge. Le procureur était en train de sortir, pensa-t-elle, résignée. Christoff était sur le point de se faire passer un savon.

— Je suis Jack Anderson, le gendre d'Edna, et vous êtes ? demanda-t-il en fixant d'un air méfiant les yeux insolites de Christoff.

Edna, qui versait un trait de whisky dans sa tasse de café, suspendit son geste et attendit. Un sourire amusé se dessina sur ses lèvres quand Christoff finit par parler. Rien de tel que de laisser faire un extraterrestre pour faire une très bonne première impression à la famille.

— Je suis Christoff Anatu, du village se trouvant près des Montagnes de la Griffe de Dragon. Je suis l'âme sœur d'Edna. Je l'ai revendiquée la nuit dernière, répondit Christoff avec un sourire satisfait.

— Oh, murmura Jack. Est-ce que c'est quelque part en Europe ?

Edna se retourna à temps pour voir Christoff froncer les sourcils et secouer la tête. Elle compta et attendit le coup de grâce. Elle était presque arrivée à sept quand il répondit enfin.

— Non, à Valdier. Je ne viens pas de votre monde, dit Christoff. Je suis sur votre planète que depuis hier. Je ne connais pas cette Europe.

— Maman ! cria Shelly. Tu as couché avec un gars que tu venais de rencontrer ?!

— Oui, répondit Christoff avant qu'elle n'ait l'occasion d'ouvrir la bouche pour s'expliquer.

Edna ne dit mot. Elle se demanda combien de temps mettrait Shelly à assimiler la partie où Christoff avait dit qu'il était un extraterrestre. Elle leva la tasse à ses lèvres et but une gorgée de la boisson chaude, appréciant le petit coup de fouet qu'elle lui procura. Quelque chose lui disait que la journée allait être très, très longue.

— Maman, je ne crois pas que le fait que mamie ait couché avec le gars va être le problème, interrompit Crystal d'une voix tremblante.

— Pourquoi... ? Oh ! commença à dire Shelly avant que sa voix ne meure.

Flash avait décidé de faire son apparition. Au lieu d'avoir la forme d'un énorme chat ou d'un chien comme Bo, le symbiote ressemblait à l'un des ours en peluche qui ornaient son lit. Crystal lui en offrait un nouveau chaque année pour son anniversaire et elle décorait toujours son lit avec.

— Edna, murmura Jack en fixant l'énorme ours doré. Qu'est-ce que c'est ?

— C'est Flash, un symbiote extraterrestre qui appartient à Christoff, dit calmement Edna tandis que le whisky commençait à faire effet en elle. Christoff est un extraterrestre métamorphe dragon venu d'une planète quelque part dans l'espace. C'est la même espèce qui a enlevé Abby.

— Qui a enlevé... Jack, dit Shelly d'une voix rauque. Je ne me sens pas très bien.

Edna regarda les yeux de sa fille rouler dans leurs orbites quand elle s'évanouit. Jack rattrapa Shelly et la souleva dans ses bras. Il chancela d'abord avant de décréter que le canapé était l'arrêt le plus proche. Crystal se poussa, gardant un œil méfiant sur Flash qui était maintenant assis devant elle et qui la regardait dans ses yeux écarquillés avec un sourire loufoque.

Une heure plus tard, ils étaient tous assis autour de la table de la salle à manger. Edna et Christoff d'un côté et Jack et Shelly de l'autre. Crystal était assise sur le canapé et riait de Flash. Le symbiote prenait la forme des animaux que la jeune fille affichait sur son téléphone.

— Maman, regarde ça ! cria Crystal.

Ils se retournèrent tous pour voir Flash se transformer en une licorne ailée. Le rire ravi de Crystal emplit la pièce quand Flash se pencha en avant et passa une longue langue sur sa joue. Les yeux d'Edna s'adoucirent à la vue des joues rouges de sa petite-fille.

— Alors, Christoff, vous êtes arrivé hier d'un autre monde, dit Jack avec un sourire tendu. Cela a dû être un long voyage.

— Non, répondit-il.

Jack déglutit et jeta un coup d'œil à Edna.

— Ça a sans doute dû prendre des années pour venir ici ? Je crois avoir lu qu'il faudrait des milliers d'années juste pour rejoindre le système solaire voisin, dit-il.

— Non, répéta Christoff.

Edna finit par avoir pitié de sa fille et de son gendre. D'après la façon possessive dont Christoff était assis à côté d'elle, il n'avait de toute évidence pas confiance en eux. Elle dégagea sa main de celle de Christoff et regarda sa fille. Shelly serrait sa deuxième tasse de whisky entre ses mains. Elle avait demandé une tasse de café au whisky sans le café.

— Christoff ne se rappelle pas comment il est arrivé ici, répondit Edna. Ça n'a pas d'importance.

— Comment as-tu pu laisser entrer un… un extraterrestre dans ta maison comme si tu le connaissais depuis toujours ? demanda Shelly d'une voix tendue. Il t'a fait un suçon !

— Je lui ai fait plus que ça, grogna Christoff en remettant sa main dans celle d'Edna.

— Christoff, le réprimanda-t-elle. Tu n'aides pas.

— Je sais, répondit-il en souriant.

Edna réprima un rire devant la lueur espiègle dans ses yeux. Il s'amusait. Son regard se dirigea vers Crystal qui riait et caressait Flash. Cette vision suffit à lui faire monter les larmes aux yeux.

— Maman, gémit Shelly en laissant tomber sa tête dans ses mains tout en s'appuyant contre la table.

— J'avais déjà rencontré un extraterrestre, finit par admettre Edna. Je venais récupérer Bo et Gloria. Abby les gardait pour que je puisse venir pour l'anniversaire de Crystal. Quand je suis arrivée, Abby n'était plus seule. Un homme aux yeux dorés était avec elle. Il m'a emmenée à la haute prairie.

— Pourquoi ? demanda Jack.

Edna déglutit et serra la main de Christoff.

— Pour que je puisse le comprendre. Son symbiote était là, mais il était bien plus gros. Il avait la forme d'un vaisseau spatial. Quand on est entrés dedans, j'ai réussi à comprendre ce que disait Zoran. Il m'a dit qu'il prévoyait de rentrer avec Abby sur sa planète, dit-elle en tendant son autre main pour toucher le petit globe posé au centre de la table. Cela prouve qu'il l'a fait.

— Est-ce que Christoff va rentrer avec toi sur sa planète ? demanda Shelly d'une voix teintée de peur.

Edna jeta un coup d'œil à Christoff quand il serra sa main. Elle n'y avait pas pensé. Rentrerait-il sur sa planète, et si c'était le cas, s'attendrait-il à ce qu'elle vienne également ? Un pli lui barra le front.

— Je ne sais pas, répondit Christoff en soutenant le regard de Shelly. Mon symbiote n'est pas assez grand pour être utilisé comme véhicule, en particulier pour un voyage intergalactique qui nécessiterait une quantité d'énergie considérable.

— Je ne pense pas qu'il soit sûr pour lui de rester ici, protesta Jack. Il est impossible que tu parviennes à cacher ses... différences aux gens. Quelqu'un finirait par le découvrir.

Des larmes brûlèrent les yeux d'Edna à l'idée de perdre Christoff. La nuit passée avait été incroyable. Pour la première fois depuis des années, elle se sentait de nouveau comblée.

— Nous verrons au jour le jour, répondit-elle d'une voix douce. Nous n'avons pas besoin de prendre une décision tout de suite. Cela peut attendre que Noël soit passé.

11

*C*hristoff regarda la jeune fille se mettre difficilement debout. Son regard parcourut le matériau raide qui remplaçait la partie inférieure de sa jambe. Elle resta silencieuse tandis qu'elle enfilait sa botte, son manteau, son écharpe et ses gants. Bo dansait autour d'elle, sa balle de tennis dans la gueule, et attendait de sortir.

Il se leva du fauteuil depuis lequel il avait regardé Edna et Shelly décorer l'arbre avec des lumières et des boules colorées. Il jeta un coup d'œil à Flash et fit signe au symbiote de suivre Crystal et Bo. Il hocha la tête quand il surprit le regard chaleureux et reconnaissant d'Edna.

Il prit son manteau sur la patère près de la porte et sortit en refermant la porte derrière lui. Bo et Flash se pourchassaient dans la neige et essayaient de partir avec la balle verte. Crystal s'était avancée jusqu'à une balançoire et s'y était assise. Christoff la rejoignit et s'arrêta à côté d'elle. Pendant de longues minutes, ils se contentèrent de regarder les deux créatures jouer.

— C'est comment, là d'où tu viens ? demanda soudain Crystal d'une petite voix.

Christoff la regarda un instant et remarqua l'expression tourmentée dans ses yeux. Il se rapprocha de la balançoire et s'assit à côté d'elle. Il pouvait sentir la douleur qui irradiait d'elle.

— C'est très beau, répondit-il en se représentant la vallée et les montagnes qui l'entouraient. Ou ça l'était.

— Était ? Qu'est-ce qui s'est passé ? demanda Crystal en se tournant pour le regarder avec curiosité.

Christoff haussa les épaules.

— Ma montagne est entrée en éruption. Je ne connais pas l'ampleur des dégâts. La première fois que c'est arrivé, ça a fait beaucoup de dégâts... et plusieurs personnes de mon peuple sont mortes, dont mes parents, expliqua-t-il d'un air sombre.

— Qu'est-ce que t'as fait ? demanda Crystal.

— Je suis allé sur la montagne pour la calmer, répondit-il, son regard se perdant au loin.

— Et ça a marché ? T'as calmé la montagne ? demanda-t-elle.

— Oui, murmura-t-il. Pendant plusieurs siècles jusqu'à ce qu'elle ne veuille plus dormir.

Christoff entendit Crystal prendre une inspiration rapide. Il lui sourit quand elle le regarda avec admiration. Jamais encore quelqu'un ne l'avait regardé de la sorte.

Enfin, excepté Edna la nuit dernière, pensa-t-il en souriant.

— Comment ? Je veux dire, sérieusement ? Des siècles ? Cool, murmura-t-elle.

— Oui, répondit-il amusé. Le temps coule.

— Non, c'est cool que t'aies réussi à calmer une montagne, le corrigea-t-elle, sa voix se faisant plus grave quand elle reprit des intonations tristes.

— Pourquoi tu es triste ? Je peux sentir ta douleur, demanda Christoff, curieux cette fois.

Crystal tourna la tête dans son manteau et baissa les yeux vers le sol. Une expression rebelle traversa son visage et elle leva sa jambe gauche. Il fronça les sourcils quand elle la désigna du menton.

— Je n'aurais pas dû survivre, murmura-t-elle.

— Pourquoi est-ce que tu crois ça ? demanda-t-il.

— Mon amie Stacy devait être assise à l'arrière avec moi mais on s'était disputées, dit-elle en reniflant. C'était tellement stupide. Je ne me rappelle même plus pourquoi on était fâchées.

— Que s'est-il passé ?

Crystal fixa sa jambe et essuya une larme d'un geste rageur. Il pouvait la voir s'efforcer de se ressaisir et attendit. Il savait ce qu'elle ressentait ; il connaissait cette douleur. Il avait ressenti la même chose pendant de nombreuses années après la mort de ses parents. Ce n'était qu'avec le temps et à mesure qu'il avait mûri qu'il avait compris que la vie et la mort n'offraient aucune garantie.

— La mère de Stacy a perdu le contrôle sur une plaque de verglas sur la route et a fait un tonneau par-dessus le bord de l'autoroute. Je me rappelle de la voiture qui roulait et roulait et roulait. Je pensais que ça ne s'arrêterait jamais, dit Crystal, émue par ce souvenir. Stacy n'avait pas sa ceinture de sécurité et a été éjectée de la voiture. Sa mère a été coincée par le volant. Tout l'avant de la voiture était défoncé. J'étais à l'arrière. Le bas de ma jambe était écrasé. Quand je me suis réveillée, il avait disparu. Maintenant… maintenant je suis juste cassée.

Christoff fronça les sourcils.

— Pourquoi tu dis que tu es cassée ? Je ne te vois pas comme quelqu'un de cassé, demanda-t-il.

Crystal leva les yeux vers lui. Des larmes de colère brillaient dans ses yeux quand elle lui lança un regard de défi. Elle pinça les lèvres et refusa de répondre.

— Tu crois ça parce que tu es différente des autres jeunes ? demanda-t-il en penchant la tête pour l'étudier. Ils ont été méchants avec toi ?

Crystal baissa la tête et la secoua en signe de négation.

— Non, admit-elle. C'est juste que… Je ne peux pas faire ce que font les autres enfants.

— Si ton amie Stacy avait survécu et perdu une partie de sa jambe, est-ce que tu la verrais comme quelqu'un de cassé ? demanda-t-il.

— Bien sûr que non, marmonna Crystal. Elle serait toujours ma meilleure amie.

— Tu peux marcher. Je t'ai vue. Les autres jeunes peuvent aussi le faire, non ? souligna-t-il.

— Oui, mais plus comme avant, répondit-elle sèchement tout en se redressant pour lui lancer un regard noir. Je sais ce que tu essaies de faire. Maman et le thérapeute que je suis allée voir ont essayé la même chose.

— Mais ils ne comprennent pas ce que ça fait de ne pas être entier, ajouta-t-il d'une voix douce, mettant des mots sur les émotions de Crystal. Moi oui. Je… j'étais… je suis comme toi, pas tout à fait entier.

Crystal fronça les sourcils et le regarda de bas en haut.

— Tu m'as pas l'air cassé, répondit-elle.

Christoff regarda en direction de Bo et Flash, maintenant assis sous le porche. Il jeta un coup d'œil à Crystal et sourit. Il se leva et lui tendit la main.

— Est-ce que tu aimerais faire une promenade en traîneau ? demanda-t-il.

— Une promenade en traîneau ? demanda Crystal, perplexe, en regardant le jardin autour d'elle. Mamie n'a pas de traîneau.

Christoff lui fit un clin d'œil.

— Elle n'en a peut-être pas, mais moi oui, lui assura-t-il. Allez, allons voir si ta mère et Edna veulent faire un tour.

— Qu'est-ce que ça a à voir avec le fait qu'on est cassés, toi et moi ? demanda Crystal avec une moue sardonique.

— Tout, lui promit-il.

— D'accord, répondit Crystal en haussant les épaules. Mais ça ne va pas marcher.

Christoff sourit à la jeune fille mais ne répondit pas. Il se contenta d'ouvrir la porte du chalet et de jeter un coup d'œil à l'intérieur. Edna le regarda avec un sourcil arqué.

— J'aimerais vous emmener faire une promenade en traîneau, Shelly, Crystal et toi, dit solennellement Christoff.

Edna lui adressa un sourire perplexe.

— Mais je n'ai pas de traîneau. Tout ce que j'ai, c'est le petit traîneau pour le bois et même si j'en avais un, Gloria ne pourrait pas tous nous tirer, dit-elle en s'avançant vers lui.

— J'ai un traîneau, lui promit-il. Je veux montrer à Crystal que même ceux qui sont différents ne sont pas nécessairement cassés.

— Oh ! s'exclama Edna en jetant un coup d'œil vers Shelly qui écoutait. Allons faire une promenade en traîneau.

— Crystal ? demanda Shelly d'une voix inquiète.

— Il est temps qu'elle guérisse, murmura Christoff. Venez.

Christoff recula et ferma la porte. Il fit signe à Crystal de le suivre. Elle s'arrêta au milieu des marches avec une expression de nouveau rebelle.

D'un geste de sa main, son symbiote descendit les marches et contourna Crystal. Il se liquéfia avant de se reformer en un traîneau similaire à ceux qu'ils utilisaient dans son monde. Il vit Crystal la bouche grande ouverte avant qu'elle ne la referme brusquement quand il lui sourit.

— T'as quand même besoin d'un cheval pour le tirer, l'informa-t-elle en arquant un sourcil.

— Pas un cheval, un dragon, dit-il en reculant avant de se transformer.

— Oh, ben mer… ! commença à dire Crystal avant de refermer la bouche quand la porte s'ouvrit derrière elle.

— Putain, c'est quoi ça ? s'étrangla Shelly, incrédule.

— Maman ! grogna Crystal d'un ton désapprobateur face au langage de sa mère tout en regardant par-dessus son épaule.

Le rire d'Edna résonna dans le jardin.

— Venez, dit-elle en faisant un signe de la main.

— Mais… Et si Jack revient pendant notre absence ? marmonna Shelly en essayant de retourner vers la maison.

— Alors il nous attendra, dit fermement Edna en poussant sa fille entre les omoplates. Ça va lui prendre des heures pour aller à Shelby, trouver des vêtements pour Christoff et revenir. Allez.

Shelly lança un regard noir à sa mère.

— Depuis quand tu es une telle aventurière ? demanda-t-elle en tirant son bonnet sur ses oreilles et en regardant droit devant elle.

— Allez, viens, maman ! rit Crystal en montant à bord du traîneau. Il a même fait des marches pour moi !

— Super, répondit faiblement Shelly, descendant les marches et traversant le chemin recouvert de neige jusqu'au traîneau. Comment cette… chose est censée tirer ça ?

Christoff tourna la tête et renâcla à l'attention de Shelly. Il vint se placer devant le traîneau et grogna à son symbiote de lui créer un harnais. En quelques secondes, des sangles dorées se formèrent autour de la poitrine de Christoff.

— Ce n'est pas une chose, maman, c'est Christoff. Il est aussi un dragon, souffla Crystal.

— Je… Pourquoi le siège est aussi chaud ? demanda nerveusement Shelly en s'asseyant. On dirait que cette chose a un radiateur intégré.

Edna rit de nouveau.

— Et une couverture, il semblerait, gloussa-t-elle quand une fine couverture recouvrit soudain leurs jambes. Accrochez-vous. On est prêtes, c'est quand tu veux, Christoff, lança-t-elle.

Le dragon renâcla une nouvelle fois et s'élança. Il n'était peut-être pas aussi imposant que les autres dragons, mais tout le travail dans la montagne et l'escalade avait façonné ses muscles. Il n'était pas grand, mais il était puissamment charpenté et avait une endurance incroyable.

Il secoua la tête et prit une grande inspiration d'air glacé, appréciant la sensation de se trouver dehors. Il jeta un bref coup d'œil par-dessus son épaule et agita ses ailes déformées avant de faire un clin d'œil à Crystal. Elle fit de grands yeux lorsqu'elle comprit ce qu'il entendait quand il avait dit être cassé lui aussi. Un petit sourire tremblant se dessina sur ses lèvres et elle lui fit un signe de tête.

Un sentiment de chaleur et de bonheur l'emplit et il s'élança au trot quand il atteignit le chemin qui menait à la haute prairie. La neige n'était pas aussi épaisse sur le chemin et il aurait pu aller plus vite mais il appréciait le rythme lent et régulier.

Ça serait plus amusant avec ma compagne, renâcla son dragon en jetant un coup d'œil derrière lui vers Edna qui discutait avec Shelly.

Chaque chose en son temps, le prévint Christoff. *La nuit dernière était une première pour nous deux. Je ne veux pas la faire fuir. On a failli la perdre.*

Ça suffit, protesta son dragon. *Elle est prête. J'appelle.*

Non ! Sa famille commence tout juste à accepter tout ça, rétorqua Christoff.

Ils acceptent aussi ma compagne, répondit sèchement son dragon.

Christoff sentit son dragon se tendre pour essayer de se libérer de son contrôle. Il ne pouvait pas lui en vouloir. Après la nuit précédente, il pouvait sentir le changement en lui. Il sentait le vide qui l'avait déchiré se refermer, le comblant pour la première fois de sa vie. Son dragon voulait lui aussi sa compagne.

Bientôt, promit Christoff.

Vaudrait mieux, bouda son dragon. *Je suis prêt. Je suis excité.*

Christoff rit.

Cache-le. Je m'en voudrais de choquer Shelly encore plus, sans parler de Crystal qui est trop jeune pour voir un dragon mâle excité.

Son dragon haussa les épaules.

Elle ferme les yeux, suggéra-t-il.

Christoff poussa un gémissement. Son dragon n'allait pas faciliter les choses… pour aucun d'entre eux. Il espérait seulement qu'il parviendrait à garder le contrôle jusqu'au départ de la famille d'Edna. Sinon, ils pourraient bien avoir un aperçu de la chose.

12

*J*ack, Shelly et Crystal ne partirent que tard ce soir-là. Christoff se tenait sous le porche, ses bras enroulés autour d'Edna. Jack était revenu à temps pour le dîner et avec écouté avec un amusement perplexe Crystal lui raconter la promenade en traîneau, après quoi ils s'étaient assis autour du sapin illuminé. Shelly, Edna et Crystal avaient chanté des chansons à propos de cloches, de bonhommes de neige et d'autres airs entraînants tandis que Jack et lui avaient écouté et discuté.

Les yeux de Christoff prirent une teinte or sombre au souvenir des remerciements sincères de l'autre homme alors qu'il regardait sa fille. Il pouvait sentir son amour pour elle et sa douleur. Il se souvenait de l'expression dans les yeux de son propre père, fort longtemps auparavant.

— Elle s'en sortira, avait murmuré Christoff.

Jack avait pris une gorgée du chocolat chaud que Shelly lui avait tendu quelques minutes avant. Christoff avait choisi le liquide ambre sombre qu'Edna avait versé dans son café plus tôt. Jack avait refusé, expliquant qu'il conduirait et que les routes seraient déjà bien assez dangereuses sans ajouter de l'alcool.

— Comment le sais-tu ? Je te l'accorde, ce n'est déjà plus la même fille que tout à l'heure, mais je m'inquiète, avait dit Jack en soupirant.

— C'est le cas de tous les parents, avait répondu Christoff. Je vois la même expression dans tes yeux que celle que je voyais dans ceux de mes parents. Je ne voulais pas les décevoir. Ils ont cru en moi alors que je ne croyais pas en moi-même. Ce sera pareil pour Crystal. Elle se battra d'abord parce qu'elle ne veut pas vous décevoir, mais au final ce sera parce qu'elle ne veut pas se décevoir elle-même.

— J'espère que tu as raison, avait dit Jack. J'espère vraiment que tu as raison.

Christoff sourit au souvenir du câlin que lui avait fait Crystal avant de partir. Il n'avait d'abord pas su comment réagir. Ce n'était qu'après avoir vu le petit signe de tête d'encouragement d'Edna qu'il avait maladroitement passé ses bras autour de la jeune fille.

— Merci, avait-elle murmuré.

Christoff s'était reculé et avait souri.

— Nous avons certaines tâches à réaliser dans la vie. Ce ne sont pas les tâches mais la façon dont nous les accomplissons qui guidera la personne que nous deviendrons. Tu es forte et belle, tout comme ta mère et ta grand-mère. N'oublie jamais le pouvoir que tu as en toi.

— Est-ce que ça t'est déjà arrivé d'oublier ? avait demandé Crystal d'une petite voix.

Christoff savait qu'il pouvait mentir, mais il ne voulait pas le faire. Il avait plongé dans les yeux vert inquiets de Crystal et avait hoché la tête. Oui, il l'avait oublié pendant un temps.

— On oublie tous à un moment ou un autre, avait-il admit avec regret.

— Rentrons, murmura Christoff. Je ne veux pas que tu prennes froid.

Edna rit et baissa les yeux vers le pull qu'elle portait. En temps normal, elle aurait des sous-vêtements thermiques, plusieurs chemises, son manteau le plus épais, un bonnet, des gants, des écharpes et tout ce à quoi elle pouvait penser pour se réchauffer. Depuis la nuit précédente, elle avait l'impression d'être une femme différente, une femme avec un radiateur intégré qui ferait passer la ménopause pour une journée au sauna.

Christoff la sentit s'éloigner de lui afin de pouvoir voir son visage. Il soutint son regard sans ciller. Il savait qu'elle voulait savoir ce qui s'était passé la nuit précédente.

Dis-lui, renâcla son dragon. *Ensuite j'ai ma compagne.*

— Que s'est-il passé la nuit dernière ? demanda Edna, confirmant sa crainte. Depuis qu'on a fait l'amour, depuis que tu m'as mordue, je me sens différente.

— C'est parce que tu l'es, murmura-t-il, son regard se perdant au loin. Mon dragon veut sa compagne.

— Ton dragon… Comment ? demanda Edna, déconcertée. Je veux dire, il n'y a pas de dragonnes dans les parages et je ne vais pas te laisser…

Christoff secoua la tête.

— Mon dragon veut sa compagne, murmura-t-il en faisant un pas vers elle. Ici.

Il la regarda suivre son doigt qui désignait sa poitrine. Une ride lui creusa le front. Elle releva les yeux vers lui et secoua la tête.

— Je ne comprends pas, murmura-t-elle.

— Est-ce que tu me fais confiance ? demanda-t-il d'une voix rauque.

Elle cligna plusieurs fois des yeux avant de froncer les sourcils.

— Bien sûr que je te fais confiance, dit-elle.

— Alors viens à moi, grogna-t-il d'un ton plus profond et plus dur. Viens à moi, ma compagne.

Edna poussa un petit cri surpris quand elle sentit une réaction primitive à son ordre. Elle écarquilla les yeux en entendant un murmure résonner dans sa tête. Elle se tourna pour regarder le jardin. Tout semblait plus net, plus éclatant qu'avant. Elle cligna des yeux, regarda ses mains et les vit briller d'une lueur vert pâle avant de cligner de nouveau des yeux et de voir...

Des griffes ? glapit-elle.

Elle se tourna et perdit l'équilibre quand elle trébucha presque sur sa queue. Se figeant sous le porche, elle se tourna de nouveau, plus lentement cette fois. Un hoquet surpris lui échappa lorsqu'elle vit son reflet dans la fenêtre. Elle déglutit en fixant les yeux verts familiers et pourtant inconnus qui la regardaient. Elle en connaissait les expressions mais c'était le visage qui allait avec les yeux qu'elle ne connaissait pas.

Christoff, murmura-t-elle, terrorisée.

Je suis là, murmura-t-il.

Elle tourna la tête pour regarder le dragon rubis et argent qui se tenait dans la neige juste devant le porche. Il la regardait avec une expression d'espoir et de peur. Elle ouvrit la bouche pour humecter ses lèvres soudain sèches et découvrit alors des dents acérées.

Je suis quoi ? demanda-t-elle en se mettant à trembler.

Tu es magnifique. Tu es Edna. Tu es mon âme sœur, répondit-il en s'approchant du porche. *Veux-tu venir à moi ?*

Edna cligna plusieurs fois des yeux tandis que le choc de ce qui se passait s'emparait d'elle. Elle baissa de nouveau les yeux vers son corps, remarquant cette fois les délicates écailles et le minuscule motif rubis et argent dessus. Elle avait chaud, mais c'était supportable.

C'est le feu de dragon, murmura une petite voix hésitante.

Quoi ?! Qui ? Qu'est-ce qui se passe ? demanda Edna, tournant sur elle-même et heurtant la balancelle, la faisant osciller avec force.

Suis ton dragon, répondit la voix. *Mon compagnon m'a appelée. Je viens.*

Quoi ? Attends un peu. Ton compagnon ? Christoff a dit que son dragon avait besoin de sa compagne. Est-ce que je peux me retransformer ? demanda Edna, désespérée.

— Oui, répondit Christoff en s'avançant sous le porche.

Edna tourna la tête, surprise de voir Christoff sous sa forme bipède. Elle trembla quand il tendit une main pour caresser tendrement sa mâchoire. Un petit ronronnement lui échappa et ses paupières se fermèrent un instant à son contact.

— Visualise-toi comme étant Edna, murmura-t-il.

Cette dernière ouvrit les yeux et soutint le regard de Christoff. Elle sursauta en voyant sa main se lever pour toucher son torse. Elle la tourna en la fixant. Elle était redevenue normale. Elle leva vivement la tête pour le regarder.

— Que s'est-il passé ? demanda-t-elle d'une voix rauque légèrement tendue.

— C'est le feu de dragon, avoua-t-il en touchant sa mâchoire du bout des doigts. Il ne peut être offert qu'à une âme sœur. Tu as survécu au cadeau de mon dragon. Il a regardé sa compagne naître. Elle vit en toi maintenant. Mais tout comme j'ai besoin de toi, il a besoin d'elle. Il est seul.

Et excité, intervint son dragon.

Elle vit Christoff grimacer.

— Et excité, ajouta-t-il en grimaçant. Il a insisté pour que je te le dise.

— Je me demande d'où il tient ça, commenta-t-elle sèchement.

Christoff haussa les épaules.

— J'ai des siècles à rattraper et lui aussi, marmonna-t-il.

— Est-ce qu'il t'a dit ça aussi ? demanda-t-elle en arquant un sourcil.

Christoff lui adressa ce sourire enfantin qui faisait fondre son cœur. Elle laissa échapper un petit rire. Après seulement deux jours, il menait déjà entièrement la danse. L'espace d'un instant, Edna pensa à la beauté du dragon rubis et argent de Christoff. Une vague de chaleur la traversa et elle sentit *son* dragon bouger avec embarras.

Laisse-moi deviner. Tu es excitée aussi, c'est ça ? demanda Edna en soupirant.

Un petit reniflement résonna dans sa tête.

L'est très mignon, reconnut son dragon.

D'accord, amuse-toi, répondit-elle. *Mais ne fais rien que je ne ferais pas.*

Edna poussa presque immédiatement un gémissement. Elle n'aurait sans doute pas dû dire cela en sachant tout ce que Christoff et elle avaient fait la nuit précédente. En un éclair, elle sentit de nouveau l'étrange transformation avant que le monde ne se stabilise. Avec un reniflement, elle sauta du porche et se tourna en agitant sa queue en l'air. Un instant plus tard, le puissant rugissement du mâle résonnait derrière elle alors qu'elle partait en courant sur le chemin qui menait à la haute prairie. Elle l'avait presque atteinte quand elle sentit la piqûre de ses dents qu'il enfonça dans son cou. Une soudaine vague de feu déferla en elle.

Pas encore, gémit Edna quand la chaleur gagna en puissance et qu'elle sentit son corps exploser sous des vagues de désir fiévreux.

Oui, mienne ! rugit le dragon de Christoff en tirant sa queue sur le côté afin de pouvoir la monter par derrière. *Oui !*

Le feu éclata à l'intérieur du petit dragon quand la longue verge du mâle glissa dans la fente protectrice jusqu'à s'enfoncer profondément en elle. Son dragon frissonna de plaisir lorsque son compagnon la prit pour la première fois. Edna devait reconnaître que cela avait un effet profond sur elle aussi.

Le mâle continua à insuffler son feu dans ses veines, le laissant se répandre en elle jusqu'à ce qu'elle se tortille sous lui. Il garda sa queue enroulée autour de la sienne afin qu'elle ne puisse pas essayer de s'enfuir. Il positionna son grand corps au-dessus d'elle, la maintenant captive tandis qu'il faisait des va-et-vient dans un accouplement lent et possessif qui déclencha des vagues de plaisir en elle.

La femelle gémit quand elle sentit le mâle bouger le poids de son corps. Ce mouvement le fit s'enfoncer encore plus profondément en elle, lui faisant pousser un cri rauque lorsqu'il toucha son utérus. La verge rugueuse et épaisse caressait son doux canal et elle devint humide et brûlante. Lorsque la chaleur augmenta, elle inclina les hanches afin qu'il puisse s'enfoncer encore plus profondément. Une série de grognements sourds et rauques leur échappèrent quand ils jouirent ensemble dans un accouplement primitif qui fit trembler le sol.

Edna haleta quand son dragon fut soudain libre. Le vide à l'endroit où il l'avait empalée lui laissa une sensation de déséquilibre et de désespoir. Cette sensation fut vite chassée quand il la fit rouler sur le dos et qu'il s'abaissa jusqu'à ce que leurs ventres frottent l'un contre l'autre et qu'il glissa à nouveau en elle. Elle fit claquer ses dents vers lui, cherchant désespérément à allumer son propre feu en lui. Elle dut s'y reprendre à trois fois avant de parvenir à attraper la peau douce de son cou.

Elle mordit et insuffla son propre feu en lui. Un triomphe fulgurant la traversa lorsqu'elle entendit son rugissement et que sa verge s'épaissit et commença à palpiter en elle. Son propre corps réagit à la chaleur accablante et le serra avec force tandis qu'elle pulsait autour de lui, déclenchant leurs orgasmes à tous les deux jusqu'à ce qu'il s'effondre sur elle avec un petit gémissement.

Mienne, grogna-t-il en lui léchant la mâchoire. *Mienne.*

13

*E*dna roula sous les couvertures et regarda le visage détendu de Christoff. Presque une semaine s'était écoulée depuis qu'il était arrivé de façon inattendue dans sa vie et pourtant, cela semblait faire une éternité. Elle leva une main et toucha sa mâchoire.

— Si tu insistes pour me toucher, je vais peut-être devoir lâcher mon dragon sur toi, murmura-t-il sans ouvrir les yeux.

— Pas dans la maison, le réprimanda affectueusement Edna. Sa queue a failli prendre feu la nuit dernière, lui rappela-t-elle.

Christoff ouvrit lentement les yeux et lui sourit. Elle savait qu'il se souvenait de leurs ébats inattendus sur le tapis devant le feu. Tous les meubles du salon avaient fini dans la salle à manger. Le pauvre Bo avait fini par abandonner l'idée d'être tranquille et était parti dans la chambre d'amis.

— Il faut que je me lève pour sortir Bo et aller voir Gloria, dit Edna en soupirant.

— Je vais le faire, répondit Christoff en roulant pour se lever. Dors encore un peu. C'est votre réveillon de Noël, non ?

— Oui, gloussa Edna. Il faut que je me lève. Je vais prendre une douche pendant que tu t'occupes des animaux.

Les yeux de Christoff s'assombrirent et il jeta un coup d'œil vers la salle de bain. Voilà un autre endroit où ils avaient fait l'amour. Il se demandait...

— Non ! interrompit-elle ses pensées quand elle reconnut l'expression qui traversa ses yeux avant de rire et de secouer la tête. Si tu te joins à moi, le repas du réveillon de Noël ne sera jamais prêt à temps. Il faut aussi qu'on remette les meubles en place.

Elle sourit devant l'air renfrogné de Christoff. Il n'avait pas menti quand il avait dit qu'il avait des siècles d'amour à rattraper. Elle ne savait simplement pas si elle y survivrait. Elle n'aurait pas été capable de bouger sans la capacité de son symbiote à guérir ses douleurs.

Un petit cri surpris lui échappa quand les bras de Christoff s'enroulèrent autour d'elle et qu'il déposa un baiser brûlant sur son épaule. Bon sang, qu'est-ce qu'il était sexy pour un vieil homme. L'argent dans ses cheveux et les rides au coin de ses yeux et de sa bouche mirent le feu à son sang.

Il a aussi un beau derrière, murmura son dragon.

Tais-toi ou on ne va jamais réussir à faire quoi que ce soit. Tu dois être punie, jeune fille, dit Edna en s'écartant avec une expression d'avertissement.

Edna ignora le reniflement de son dragon tandis qu'elle entrait dans la salle de bain. Elle avait beaucoup à faire avant que Jack, Shelly et Crystal ne viennent dans l'après-midi. Passer la matinée au lit ne faisait pas partie du plan bien établi qu'elle avait écrit dans sa tête.

Elle adressa un regard critique à l'image que lui renvoya le miroir tandis qu'elle défaisait la tresse de ses longs cheveux. Elle remua le nez et décréta qu'elle semblait et se sentait plus jeune. Ses doigts se levèrent impulsivement pour toucher la marque dans son cou. Si elle ne faisait pas attention, elle oublierait sa détermination et serait capable de laisser tomber le repas du réveillon de Noël. Elle avait des repas tout faits au congélateur : de la dinde congelée et de la sauce dont elle pourrait se servir en cas d'urgence.

Christoff caressa Gloria lorsqu'il entra dans le box. Il se mit rapidement au travail pour le nettoyer et lui mettre de la paille fraîche ainsi que de l'eau et de la nourriture. Il était de nouveau censé neiger ce jour-là, elle allait donc devoir rester à l'intérieur où il faisait plus chaud. Il était en train de raccrocher les outils dont il s'était servi quand il eut l'étrange sensation qu'il n'était pas seul.

Danger ? demanda-t-il à son dragon en essayant de sentir d'où venait cette impression.

Je sens rien d'autre. Seulement la bête, répondit son dragon.

Il pivota et scruta la petite étable. Il prit la fourche et la tint fermement dans sa main droite. Avec un mot d'avertissement à son dragon, il longea les trois box. Il venait juste de jeter un coup d'œil dans le dernier quand il sentit la présence derrière lui et se retourna.

La fourche qu'il tenait s'évapora et il fixa, choqué, l'élégante silhouette dorée d'une femme. Elle lui souriait sereinement tandis qu'elle flottait au-dessus du sol. Il déglutit lorsqu'elle s'arrêta à un mètre de lui et l'étudia en silence.

— Vous ! s'étrangla-t-il. C'était vous. Je m'en rappelle maintenant. Vous étiez dans la grotte… juste avant que la montagne entre en éruption. Vous m'avez parlé.

— Oui, murmura Aikaterina.

— Pourquoi ?

— Les jeunes, murmura-t-elle en regardant autour d'elle. Ils souhaitaient te donner le cadeau de Noël. Ils étaient prêts à risquer leurs vies pour te l'offrir.

— Ils m'ont donné des cadeaux, répondit Christoff d'une voix douce.

— Ils t'ont donné l'amour, l'amitié et l'acceptation, convint Aikaterina en souriant. Je souhaitais t'offrir un cadeau moi aussi. Je vois que c'était le bon, vieux dragon de la montagne.

— Oui. Edna… Elle est mon âme sœur, répondit Christoff d'une voix étranglée.

— Elle sera une bonne compagne pour toi dans ton monde, dit Aikaterina en souriant.

— Mais je ne peux pas partir, répondit Christoff en fronçant les sourcils. Edna a une fille et une petite-fille ici. Elle ne voudra pas les quitter.

Aikaterina le regarda avec un sourire triste et secoua la tête.

— Tu ne peux rester sur cette planète, Christoff. C'est dangereux pour toi, ton dragon et ton symbiote. Ils mourront si tu essaies de rester ici et toi aussi, murmura-t-elle tristement. Je peux te laisser jusqu'à minuit demain soir, mais ensuite je devrai vous ramener à Valdier, ta compagne et toi.

— Non, protesta Christoff en regardant la déesse commencer à disparaître. Je vous en prie.

— Noël, jusqu'à minuit, vieux dragon, puis tu devras rentrer, résonna sa voix.

Christoff resta figé dans l'étable, ses yeux brûlant de colère et de défaite. Il savait qu'il lui était impossible de lutter contre elle. Serrant les poings, il fixa le sol jusqu'à se sentir quelque peu calmé. Il le dirait à Edna ce soir-là, après le départ de sa famille. Elle aurait encore un jour avec eux avant de devoir leur faire ses adieux pour toujours. Il espérait seulement qu'elle ne le détesterait pas pour cela.

— Est-ce que ça va ? lui demanda Edna pour la centième fois ce jour-là.

Christoff, qui disposait les biscuits sur le plateau rond, leva les yeux vers elle. Ils avaient remis les meubles en place et fini d'emballer les derniers cadeaux qu'Edna avait cachés au cours de l'année. Tout au long de la journée, elle avait ri et lui avait raconté des histoires des Noëls passés. Ils attendaient maintenant l'arrivée de Jack, Shelly et Crystal.

— Je vais bien, répondit-il en souriant. Ça fait beaucoup de nourriture.

— Une partie de la tradition est d'avoir des restes pendant une semaine pour faire passer l'envie d'en manger pour une année, dit Edna en riant tout en sortant encore un plat du four.

Christoff tourna la tête et écouta.

— Ils sont arrivés, dit-il, fourrant le dernier biscuit qui ne rentrait pas sur le plateau dans sa bouche.

— Tu ne vas rien manger pendant le repas si tu continues comme ça, le taquina Edna en se précipitant vers la porte. Allez, Bo. Allez, Flash. Allons les accueillir.

Christoff regarda Edna se diriger rapidement vers la porte. L'amour et la peur se battaient en lui. Une partie de lui voulait rugir contre la déesse pour son interférence. Comment osait-elle lui donner tout ce qu'il avait espéré et désiré, seulement pour le menacer à présent ? Il chassa cette pensée. Il ne ternirait pas le temps qu'il restait à Edna avec son enfant. Comme il l'avait dit à Crystal, la vie n'offrait aucune garantie. Il ferait tout ce qui était en son pouvoir pour rendre Edna heureuse dans son monde. Il espérait seulement qu'elle lui laisserait une chance, ainsi qu'à son monde.

— Mamie, celui-ci est pour toi, disait Crystal quelques heures plus tard.

Shelly, Jack et Crystal avaient apporté des cadeaux aux emballages colorés pour mettre sous le sapin et la maison avait été emplie de rires. Ils avaient mangé peu après cela. Enfin, la cuisine avait été nettoyée et tout le monde avait gémi et s'était plaint d'avoir trop mangé.

Les festivités avaient continué dans le salon afin que tout le monde puisse se mettre plus à l'aise. Ils procédaient à présent à un échange de cadeaux du réveillon de Noël car Jack et Shelly devaient se rendre à une soirée le lendemain chez des amis à eux.

— Celui-ci est pour toi, Christoff, ajouta la jeune fille en souriant.

Christoff leva les yeux, surpris. Il n'avait rien à offrir aux autres. Il tendit la main et lui prit la boîte rouge et verte.

— Je n'ai rien pour toi, répondit-il doucement, se sentant gêné.

Crystal secoua la tête.

— J'ai réfléchis à ce que t'as dit l'autre jour. Maman et moi on en a parlé aussi. Je vais commencer l'école en janvier et voir comment ça se passe. Petit à petit. Je veux revoir mes amis, et avec un peu de chance, m'en faire de nouveaux, murmura-t-elle en jetant un coup d'œil vers ses parents et sa grand-mère qui discutaient. J'ai aussi quelque chose d'autre pour toi.

Christoff fronça les sourcils quand Crystal se leva et lui fit signe de la suivre. Son regard se fixa sur Edna l'espace d'un instant. Elle le regardait tout en écoutant Jack.

— Allez, viens, le pressa Crystal avec excitation. Flash, il faut aussi que tu viennes avec nous.

Son symbiote scintilla de couleurs et se leva. Christoff pouvait sentir son excitation. Il se dirigea vers la porte et aida Crystal à enfiler son manteau avant de prendre le sien sur la patère. Un instant plus tard, ils étaient dehors dans le jardin.

Le ciel était d'un bleu vif et le soleil brillait. Il faisait toujours trop froid pour que la neige fonde mais c'était une journée parfaite pour être dehors. Il allait devoir laisser Gloria sortir un moment. Son dragon pouvait faire fondre la neige et sécher le sol en seulement quelques minutes.

— Qu'est-ce que tu souhaites me montrer ? demanda Christoff en regardant avec amusement son symbiote se presser contre la jeune fille et acquiescer devant quelque chose qu'elle lui montrait.

Crystal vint à son niveau en boitant. Elle tendit le papier dans sa main et fit signe à Christoff de le prendre. Il tira délicatement le lourd papier vers lui. Il cligna des yeux, surpris, en voyant que c'était une image d'un dragon. Il ne lui fallut pas longtemps pour voir qu'il s'agissait de lui, seulement...

— Les ailes, murmura-t-il en touchant les ailes dorées dans le dos de son dragon.

Crystal sourit.

— J'y ai réfléchi ces derniers jours. S'ils ont pu me faire une fausse jambe qui marche, pourquoi on ne pourrait pas te faire des ailes ? Flash peut prendre n'importe quelle forme. T'as dit qu'il était plus petit que les autres de son espèce, mais il est bien assez grand pour te faire une paire d'ailes pour aller sur les tiennes. Je... Est-ce que les dragons volent dans ton monde ? demanda-t-elle d'une voix hésitante.

Christoff toucha le dessin du doigt.

— Oui, ils volent, mais je n'ai jamais pu le faire, murmura-t-il en la regardant avec des yeux brûlants. C'est ça que tu faisais tout à l'heure. Je t'ai vue avec mon symbiote.

Crystal hocha timidement la tête.

— Je lui montrais comment ma jambe fonctionne, répondit-elle d'une petite voix. Je pensais que ça valait le coup d'essayer.

Christoff éclata soudain de rire.

— Oui, ça vaut le coup d'essayer. Honnêtement, je n'y avais jamais pensé avant, admit-il en lui rendant le dessin avant de se tourner vers son symbiote en souriant. Est-ce que tu es prêt à essayer, mon ami ?

Une chaleur familière l'envahit pour toute réponse. Il se concentra et appela son dragon avec enthousiasme. En quelques secondes, il s'était transformé. Le petit rire ravi de Crystal lui fit comprendre qu'elle aimait le regarder sous sa forme de dragon.

— J'espère vraiment que ça va marcher, dit Crystal en frappant dans ses mains d'excitation. J'adorerais voir un dragon voler.

14

Christoff entendit le souhait sincère de Crystal. Quelque chose au plus profond de lui lui disait que c'était très important, pas seulement pour lui mais pour elle aussi. Elle avait besoin de savoir qu'elle pourrait également voler un jour et que sa jambe ne l'empêcherait pas de réaliser ses rêves.

Un frisson parcourut le dragon de Christoff quand le symbiote forma des ailes par-dessus les siennes, petites et déformées. Son dragon s'ébroua, surpris par le poids inhabituel dans son dos. Se concentrant, Christoff prit une profonde inspiration lorsqu'il sentit les ailes se déployer. Il tourna la tête pour regarder les extensions dorées de son corps.

Il passa plusieurs minutes à en tester le poids, les sensations et à les faire bouger. Son dragon était impatient de s'envoler, mais Christoff comprenait l'importance générale de la réussite de cette expérience.

Nous devons nous assurer que ça va marcher, expliqua Christoff à son dragon. *Ça ne concerne pas que nous, mais aussi Crystal.*

Je sais. Je suis prêt, insista son dragon. *Flash est prêt. On travaille comme un. C'est comme ça qu'on est faits.*

Si tu en es sûr...

Christoff ne put finir sa pensée. Dès l'instant où son dragon le sentit céder, il décolla du sol. La créature sut alors instinctivement comment voler. C'était la même chose que de savoir comment insuffler le feu de dragon et comment se transformer d'une forme à une autre sans y réfléchir, un savoir qui avait été transmis de génération de dragons en génération. Une vague de d'émerveillement le submergea lorsqu'il s'éleva dans les airs. Ses ailes dorées battirent avec force, le faisant monter de plus en plus haut.

— Vas-y, Christoff ! Vas-y ! cria Crystal en riant tout en essayant de lui suivre. Vole jusqu'au bout du monde !

Le dragon émit un rire qui résonna dans l'air glacé de la montagne. Pour la première fois de sa vie, il volait ! Il volait vraiment !

Je suis libre, murmura son dragon, émerveillé. *Je suis comme les autres dragons maintenant. Je suis pas faible, indigne.*

Tu n'as jamais été faible ou indigne, mon ami. Tu as toujours été parfait à mes yeux, répondit-il d'une voix sombre.

Je veux que ma compagne me voie, soupira son dragon.

C'est le cas, dit Christoff avec un petit rire. *Regarde à ta droite.*

Christoff sentit l'amour de son dragon pour sa compagne exploser en lui. Il savait ce qu'il ressentait. Les mêmes sentiments s'emparaient de lui à chaque fois qu'il regardait Edna. Ralentissant afin d'aller au même rythme que sa compagne, le grand mâle attendit que le petit dragon femelle vert le rattrape. Ensemble, ils survolèrent les arbres et se dirigèrent vers la haute prairie. Christoff décrivit un cercle avant de planer pour atterrir dans la poudreuse. Il se tourna quand sa compagne arriva derrière lui, son petit ronronnement de joie l'inondant tandis qu'il repliait ses ailes de fortunes le long de ses flancs.

Tu voles, souffla sa compagne, émerveillée.

Oui, je vole, dit-il en riant. *Je vole !*

Crystal se tourna pour regarder ses parents. Des larmes lui brûlaient les yeux, mais elle cligna rapidement des yeux pour les chasser. Si Christoff pouvait voler, alors elle aussi le pouvait. Elle marcha lentement vers ses parents sans penser au léger boitement provoqué par sa prothèse. C'était son symbiote, son moyen à elle de pouvoir voler.

— Ça a marché, dit-elle en souriant. Comme pour moi, ses ailes ont fonctionné.

— Oui, murmura Shelly en essuyant les larmes qui coulaient le long de ses joues. Oh, Crystal.

La jeune fille monta les marches et se jeta dans les bras de ses parents. Elle enfouit son visage contre sa mère et sanglota. Elle mit plusieurs minutes à se calmer assez pour se rendre compte qu'ils commençaient tous à avoir froid.

— Ça va aller maintenant, dit-elle en essuyant les larmes sur son visage. Je sais que je peux voler, comme Christoff.

— Oui, tu peux, murmura son père. Tu as toujours pu.

Crystal eut un rire tremblant.

— C'est plus ou moins ce que m'a dit Christoff. Est-ce que vous trouvez pas ça cool que mamie soit un dragon ? ajouta-t-elle en souriant.

Shelly leva les yeux vers le ciel et secoua la tête d'un air émerveillé. Sa mère ! Un dragon. Comme cela aurait été cool pendant certains événements mère-fille quand elle était enfant, pensa-t-elle, incrédule, avant qu'une vague de tristesse ne s'empare d'elle. Sa mère lui avait dit qu'elle partirait bientôt, que Christoff et elle ne pouvaient pas rester.

— Une femme est venue me voir, lui avait dit sa mère quand ils étaient à l'intérieur, après que Christoff et Crystal étaient sortis.

— Une femme ? Quel genre de femme ? avait demandé Shelly, déconcertée.

Edna avait regardé ses mains. Elle les avait serrées quand elle avait vu qu'elles tremblaient. Une unique larme avait roulé et était tombée dessus, mais elle savait ce qu'elle avait à faire. Dans la vie, un enfant pouvait accepter que ses parents partent en premier. Il était temps qu'Edna parte, mais pas de la façon dont les parents partaient généralement.

— Elle était comme Flash mais plus puissante, j'imagine. Elle m'a expliqué qu'elle avait envoyé Christoff ici mais qu'il ne pouvait pas rester. C'est trop dangereux pour lui... et pour moi, maintenant, avait expliqué Edna. Ma place est à ses côtés, Shelly. Je l'aime tant. Je t'aime, et j'aime Jack et Crystal, mais c'est différent. Cela ne concerne pas que moi. C'est un homme bien.

— Je le sais, maman, mais pourquoi tu dois partir ? avait insisté Shelly en se levant de sa chaise pour faire les cent pas.

— Shelly, avait murmuré Jack en se levant à son tour pour la prendre dans ses bras. C'est un extraterrestre. Ce n'est qu'une question de temps avant que quelqu'un ne le découvre. Tu sais ce qui lui arriverait, ainsi qu'à ta mère, si cela se produisait. On en a parlé au cours des derniers jours.

— Je sais, mais pourquoi est-ce qu'elle doit partir ? avait-elle insisté. J'ai besoin de toi !

— Non, tu n'as pas besoin de moi, avait répondu Edna en se levant. Et c'est comme ça que ça doit se passer. Tu as Jack et Crystal. Je serai toujours dans ton cœur. Tant que tu t'en souviendras, je ne serai jamais vraiment partie, tout comme ton père ne m'a jamais vraiment quittée. Je le sens dans mon cœur. Ce n'est pas parce que je ne peux plus le voir ou le toucher qu'il n'est pas ici. J'ai besoin d'être avec Christoff, Shelly. Avec lui, je me sens jeune et vivante. Il remplit le vide laissé par ton père.

— Tu l'aimes, n'est-ce pas ? avait demandé Shelly d'une voix rauque.

— Oui, beaucoup, avait répondu Edna en s'avançant pour enlacer sa fille. Tout comme tu aimes Jack et comme j'ai aimé ton père.

Ils s'étaient tous tournés lorsqu'ils avaient entendu Crystal crier dans le jardin devant la maison. Ils s'étaient précipités vers la porte, prenant puis enfilant rapidement leurs manteaux avant de sortir. Edna avait été la première en bas de marches. Elle avait senti l'excitation et la joie de son compagnon. Elle avait levé les yeux vers la magnifique vision du dragon mâle en plein vol avant d'appeler son propre dragon.

On peut le rejoindre ? avait-elle soufflé en regardant, émerveillée, le mâle voler de plus en plus haut.

Oui, avait murmuré son dragon en prenant le relais.

En arrière-plan, Edna avait entendu le rire enthousiaste de Crystal lorsqu'elle s'était exclamée qu'elle avait la plus cool des grands-mères en même temps qu'elle avait entendu le petit hoquet incrédule de Shelly. Elle les avait tous ignorés, concentrée uniquement sur son compagnon.

S'envolant dans les airs, elle avait senti une intense vague de joie et de bonheur l'envahir tandis qu'elle accélérait pour le rattraper. Son regard avait parcouru les ailes dorées qui enveloppaient celles, plus petites, de Christoff. Leur membrane était si fine qu'elle pouvait voir à travers. Le ronronnement de plaisir chaleureux de son compagnon l'avait inondée et elle avait incliné son petit corps dans sa direction pour venir à côté de lui.

Mon compagnon, avait-elle soufflé.

Christoff s'était tourné et avait ralenti afin qu'elle puisse le rattraper. Ensemble, ils s'étaient envolés par-dessus les cimes enneigées des arbres en direction de la montagne. De cette hauteur, Edna pouvait voir à des kilomètres à la ronde. Elle avait alors réellement compris ce qu'avait dit la femme dorée. C'était ce dont avaient besoin leurs dragons, à Christoff et elle. Shelly et Crystal s'en sortiraient. Il était temps pour elle de passer à sa prochaine vie.

---

15

*L*e matin de Noël arriva, lumineux et clair. Jack, Shelly et Crystal avaient décidé de rester pour la nuit. Ils avaient veillé tard, riant, discutant et chantant. Flash avait créé un lit pour Crystal, et Bo et elle étaient encore lovés dans l'étreinte chaleureuse du symbiote doré quand les adultes se levèrent.

— Je me souviens que tu nous réveillais à l'aube pour pouvoir ouvrir tes cadeaux, songea Edna d'une voix douce tout en se dirigeant vers la cuisine.

— Crystal le faisait aussi, mais elle a arrêté après l'accident, répondit Shelly en sortant le lait, le jus d'orange et les œufs du réfrigérateur. Des pancakes et des œufs ?

— Parfait, dit Edna. Je crois qu'elle ira mieux maintenant.

— Oui, répondit Shelly en jetant un coup d'œil vers le salon. Elle veut reprendre les cours à l'école en début d'année.

Edna regarda le visage inquiet de sa fille.

— Laisse-la faire, Shelly. Elle sait de quoi elle a besoin pour guérir, lui conseilla-t-elle d'une voix douce.

Shelly sourit et acquiesça.

— Quand est-ce que vous partez ? demanda-t-elle d'une voix tremblante.

— Ce soir, je crois, répondit Edna en tournant Shelly dans ses bras et en la regardant dans les yeux. Nous ne serons pas tristes. Il existe peut-être un moyen de revenir ici. Si c'est le cas, je le trouverai. Je ne veux pas que cette journée soit triste.

— Je sais, murmura Shelly. Que va-t-il arriver au chalet ? Et à toutes tes affaires ?

— J'ai rédigé un testament peu après la mort de ton père. Je l'ai modifié quand Abby m'a laissé tout ça. Le chalet et la montagne iront à Crystal. Abby en serait heureuse. J'ai contacté un avocat dans le Wyoming pour gérer tout ça, répondit Edna. Je sais que Jack aurait pu le faire, mais je ne voulais pas que quoi que ce soit de suspect vous retombe dessus après mon départ. Chad Morrison est au courant pour les extraterrestres. Il est responsable du ranch de Paul Grove. D'après ce qu'il m'a dit, les extraterrestres ont tendance à apparaître quand il s'y attend le moins. Paul a laissé son ranch comme lieu où ils peuvent venir sans craindre d'être découverts.

— Quand as-tu fait ça ? demanda Shelly, surprise.

Edna lui sourit.

— Quand on est témoin de l'apparition d'une déesse extraterrestre, on a tendance à réaliser que tout est possible quand on le veut. J'ai immédiatement appelé Chad et pris les dispositions, répondit-elle sèchement.

Shelly secoua la tête de stupéfaction.

— Je t'aime, maman. Je suis heureuse pour toi aussi. Tu as été la meilleure mère qu'une fille puisse rêver avoir, dit-elle d'une voix nouée par l'émotion.

Edna passa ses bras autour de sa fille et l'étreignit.

— Tu fais la même chose pour Crystal, c'est pour ça que je sais que mon travail est terminé, murmura-t-elle. Je t'aime aussi, Shelly, ne l'oublie jamais. Je suis fière de toi. Tu es une mère, une fille et une femme merveilleuse.

— Hé, la mule est nourrie, est-ce qu'il y a à manger pour les hommes ? lança Jack en tapant des pieds près de la porte pour en faire tomber la neige avant de grimacer quand les deux femmes lui sifflèrent de faire moins de bruit. Désolé !

— J'ai faim aussi, grogna Crystal d'une voix endormie. Est-ce qu'on aura des pancakes ?

Plus tard dans l'après-midi, Edna et Christoff se tinrent sous le porche pour regarder Jack, Shelly, Crystal, Bo et Gloria descendre de la montagne. Christoff l'avait regardée d'un drôle d'air quand elle lui avait dit que Bo et Gloria iraient vivre avec Jack, Shelly et Crystal.

Elle avait enlacé le golden retriever avant de ramasser tous ses jouets, sa nourriture et son panier pour les mettre dans le coffre du SUV. Il avait aidé Jack à attacher la remorque et à y faire monter Gloria. Edna avait tendu une pomme à la vieille mule et avait caressé affectueusement sa tête avant de l'embrasser sur le chanfrein.

— Tu es au courant, murmura-t-il en fixant les phares qui s'éloignaient.

— Oui, répondit-elle en tournant les talons pour rentrer dans la maison.

Christoff la suivit à l'intérieur et referma la porte. La maison semblait vide une fois tout le monde parti. Flash le regarda puis regarda la porte. Il vit la petite balle de tennis verte à ses pieds. Il poussa la balle et la regarda rouler à travers la pièce avant de regarder de nouveau la porte.

— Comment ? demanda-t-il d'une voix nouée.

Edna sourit tout en ramassant de la vaisselle sale qui avait été laissée sur la table. Elle lui jeta un regard par-dessus son épaule et il vit une lueur d'amusement et d'acceptation dans ses yeux. Elle savait qu'il s'inquiétait pour elle.

— Une déesse extraterrestre me l'a dit, répondit-elle.

Christoff expira l'air qu'il retenait. Il balaya la pièce du regard. La chaleur du poêle à granulés et du feu repoussait le froid. Les lumières colorées dans l'arbre illuminaient la pièce et il pouvait encore sentir l'odeur sucrée des pancakes qu'ils avaient faits au petit-déjeuner dans l'air. Cela allait lui manquer. Il n'avait rien à lui offrir quand ils arriveraient dans son monde.

— Christoff, murmura Edna en posant les assiettes et les verres sur le comptoir avant de se rapprocher de lui. Tout va bien se passer.

Christoff baissa les yeux vers Edna et l'attira dans ses bras. Il l'étreignit contre son corps, savourant la sensation de ses douces formes pressées contre lui. Il baissa la tête et posa son menton sur ses cheveux.

— Je t'aime, Edna, murmura-t-il.

Les bras de celle-ci s'enroulèrent autour de sa taille et elle le serra avec force contre elle.

— Je t'aime aussi, mon guerrier extraterrestre, murmura-t-elle en se détendant.

Ils passèrent le reste de la journée à nettoyer et à ranger le chalet. Edna s'était demandée si elle devait ou non démonter le sapin de Noël et l'emballer. Christoff avait pris la décision lorsqu'elle lui avait dit que sa famille l'avait toujours laissé jusqu'au premier de l'an pour porter chance. Ils éteignirent le poêle à granulés et le feu dans la cheminée avant d'aller se coucher.

Christoff regarda Edna se brosser les cheveux avant de les tresser. L'espace d'un instant, elle s'arrêta et baissa les yeux vers le lit. Ses traits prirent une expression déconcertée.

— Qu'est-ce qui ne va pas ? demanda-t-il en venant vers elle avant d'incliner son visage en arrière afin de pouvoir la regarder dans les yeux.

Edna eut un rire gêné.

— Je ne sais pas quoi porter. Est-ce qu'il faut que nous dormions dans nos vêtements ? Est-ce que je mets ma chemise de nuit ? Comment est-ce que c'est censé se passer ? demanda-t-elle nerveusement.

Un sourire se dessina sur les lèvres de Christoff.

— Je prévois de te faire l'amour, alors tu n'auras pas besoin de tes vêtements avant un moment. Après quoi, ce sera à la déesse de voir. Elle nous le dira peut-être avant qu'on parte, la taquina-t-il.

Edna arqua un sourcil.

— Si j'apparais nue dans ton monde, je vais t'en vouloir, le prévint-elle.

— Je prends le risque, murmura Christoff avant de se pencher et de capturer ses lèvres.

~

Christoff jeta un coup d'œil à l'horloge près du lit. Il était bientôt minuit. Edna était allongée dans ses bras, profondément endormie. Ils avaient fait l'amour, avaient parlé puis refait l'amour. Il savait qu'elle avait peur mais elle ne s'était pas plainte une seule fois et n'avait exprimé aucun doute quant au fait de rentrer sur sa planète avec lui. L'épuisement se faisait également sentir pour lui. Il craignait de ne pas être en mesure de prendre soin d'elle correctement une fois de retour chez lui. Il allait devoir leur construire une maison près du village. Il se demandait s'il devait changer de région mais quelque chose l'attirait et le ramenait à la vallée. C'était comme si quelque chose lui disait que les choses seraient différentes cette fois et qu'il devait rentrer chez lui.

Ses yeux se fermèrent et il eut beau essayer de les garder ouverts, ils refusèrent. Une étrange chaleur l'envahit à mesure qu'il sombra dans un profond sommeil. Il eut vaguement conscience que son symbiote avait sauté sur le lit avec eux mais même cela ne suffit pas à lui faire reprendre conscience.

— Dors, mon doux guerrier. Il est temps pour ta compagne et toi de rentrer chez vous, murmura Aikaterina en lui caressant le front. Ne crains rien. Les villageois ont pris conscience de leur erreur.

Les lèvres de Christoff bougèrent mais aucun son ne s'en échappa. Il finit par abandonner et se laissa glisser dans les ténèbres calmes, ses bras se resserrant autour d'Edna quand il eut la sensation d'être en apesanteur. Rentrer chez lui… Chez lui.

ÉPILOGUE

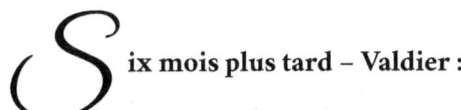ix mois plus tard – Valdier :

Edna rit de bonheur en regardant Zohar tendre la main pour prendre un autre biscuit quand il crut qu'Abby ne regardait pas. Abby, Zohar et Zoran, le roi de Valdier, avaient été des visiteurs réguliers depuis leur arrivée. Abby et Zoran visitaient le village et s'assuraient que les villageois avaient tout le soutien dont ils avaient besoin pour le reconstruire quand elle avait vu Edna. Le cri ravi d'Abby avait attiré son attention et l'instant d'après, elle avait été prise dans l'étreinte de sa jeune amie.

— Comment… ? Pourquoi… ? Peu importe, avait dit Abby en riant tout en essuyant les larmes sur ses joues.

— Bienvenue à Valdier, Edna, l'avait saluée Zoran en adressant un regard perplexe à Christoff.

— Je suis tellement heureuse que tu sois ici, murmura Abby, souriant et tendant la main pour écarter un peu le plat de biscuits du bord de la table et des doigts avides qui essayaient d'en voler encore plus. Je sais que Shelly, Jack et Crystal doivent te manquer.

Edna cligna des yeux pour chasser les larmes quand elle pensa à sa famille sur Terre. Elle découvrait qu'il était plus difficile qu'elle ne l'avait cru de les laisser là-bas. Elle prit une profonde inspiration avant d'offrir un petit sourire à Abby.

— Je me suis promis de ne pas m'apitoyer sur ce que je ne peux pas changer. Ma vie est avec Christoff maintenant, répondit Edna d'une voix douce.

Abby se mordit la lèvre et se pencha pour prendre Zohar dans ses bras quand il regarda par-dessus le bord de la table. Il s'était transformé en son dragon dans l'espoir qu'il serait assez grand pour atteindre le plat. Abby gloussa quand il la regarda d'un air piteux.

— Un dernier, dit-elle d'une voix sévère. Sinon tu ne mangeras pas ton dîner ce soir.

— Biscuit, sourit Zohar en se retransformant et en frappant dans ses mains.

— Je pourrais parler à Zoran, Edna. Ils ont des vaisseaux qui font régulièrement l'aller-retour jusqu'à la Terre maintenant. Ils accepteraient peut-être de venir ici, suggéra Abby.

Les yeux d'Edna s'illuminèrent. Elle n'avait jamais vraiment envisagé cela comme étant une possibilité. Au fond d'elle, elle avait eu peur de demander à Abby, craignant qu'elle lui dise que c'était impossible.

— Oh, Abby, oui, je t'en prie. Shelly, Crystal et Jack me manquent tant. S'il y avait une chance pour qu'ils viennent ici, la vie serait parfaite, répondit Edna, les larmes aux yeux.

Abby rit.

— Je préviendrai Zoran. Il ne me dit jamais non, répondit-elle avec une étincelle dans les yeux. Et s'il me dit non, j'ai des moyens de le faire changer d'avis, ajouta-t-elle en rougissant légèrement.

Edna rit et tendit la main pour serrer celle de son amie.

— Je sais exactement comment tu fais, dit-elle en lui faisant un clin d'œil. Ça marche aussi avec Christoff.

Abby sourit et se leva en soupirant. Zohar commençait à être fatigué et ils devaient rentrer au palais. Portant son fils endormi dans ses bras, elle regarda Edna se lever avant de les serrer, Zohar et elle, dans ses bras.

— Merci, Abby, murmura-t-elle d'une voix rauque. Merci d'être une si merveilleuse amie.

Elle recula et elles se retournèrent toutes deux lorsque Zoran et Christoff entrèrent. Quelques minutes plus tard, ils regardèrent le trio survoler les montagnes en direction de l'océan. Elle poussa un soupir de contentement et s'appuya contre Christoff, chacun passant un bras autour de l'autre.

— Elle va voir si Zoran peut ramener Shelly, Jack et Crystal à Valdier, murmura Edna.

— Je sais, répondit Christoff en la tournant vers lui afin de pouvoir la regarder avec un petit sourire. J'ai demandé à Zoran s'il voulait bien les ramener et il a dit oui. Ça ne devrait pas être long, il y a déjà un vaisseau en route vers la Terre.

Edna secoua la tête et gloussa.

— J'aurais dû me douter que tu mijotais quelque chose quand tu as demandé à Zoran de sortir jeter un coup d'œil à la nouvelle grange que tu construis. Merci, dit-elle, son expression adoucie par l'amour.

Christoff tendit une main et repoussa une mèche de cheveux argentés de son visage. Son expression était sérieuse quand il la regarda. Il pencha son menton et s'arrêta à juste avant de toucher ses lèvres.

— Tu n'auras jamais à me remercier d'essayer de te rendre heureuse, Edna. Tu es un trésor à mes yeux. Je ferai tout ce qui est en mon pouvoir pour que tu aies une vie heureuse ici, lui promit-il avant de capturer ses lèvres.

Plus tard cet après-midi-là, Christoff émit un grognement quand il entendit quelqu'un l'appeler. L'espace d'une fraction de seconde, il envisagea de faire comme s'il n'avait pas entendu son frère. Il voulut se retrancher dans la maison où il barricaderait les portes dans l'espoir que Lemar comprendrait qu'il ne voulait pas avoir affaire à lui.

C'est ce qu'il aurait fait s'il avait pensé que cela fonctionnerait. Malheureusement, Edna le forcerait simplement à ouvrir la porte.

— Christoff ! appela Lemar en guise de salutations quand il ne répondit pas immédiatement.

Poussant un soupir résigné, il pivota lentement sur ses talons et se renfrogna. Son frère aîné devenait vraiment agaçant. Depuis leur retour, Lemar n'avait eu de cesse d'essayer de se racheter pour les siècles de mésentente entre eux. Il espérait que son frère ne mettrait pas aussi longtemps à se rendre compte qu'il s'en moquait sincèrement. Il était impossible de changer le passé et la vie était trop parfaite, et il était trop heureux pour vouloir remuer la douleur et la haine. En outre, il pensait que ses parents ne voudraient pas qu'il le fasse.

Il devait admettre que Lemar n'avait plus rien du garçon égoïste et immature de ses souvenirs. Comme c'était le cas de bien d'autres villageois. Le nouveau village était encore en cours de construction dans la vallée, à l'écart de l'endroit où la montagne était entrée en éruption. Cela prendrait du temps, mais ses compétences et sa compréhension des fondations rocheuses ainsi que de l'histoire du village lui permettaient de savoir où il était préférable de construire leurs nouvelles maisons et où planter les cultures nécessaires pour subvenir aux besoins du village.

— Lemar, répondit abruptement Christoff.

— Sois gentil, lui murmura Edna en sortant de la petite maison qu'il avait construite. Bonjour, Lemar.

— Salutations, Edna, dit Lemar en souriant. J'ai trouvé de nouvelles roches. Je voulais que tu y jettes un coup d'œil.

Christoff lança un regard affligé à Edna avant de grogner et de tendre la main. Lemar lâcha un tas de roches affreuses dans sa main. Il en leva une et l'examina d'un œil critique.

— Des diamants, ils seront bien pour couper, grogna-t-il.

— Parfait, répondit Lemar en souriant. Ma compagne voulait savoir si vous nous feriez l'honneur de venir dîner ce soir.

— Non, commença à répondre Christoff avant de grogner quand Edna lui mit un coup de coude.

— Nous serions ravis. Je sais que les enfants voulaient montrer leur nouvelle collection de roches à Christoff et voulaient voir comment ses ailes fonctionnent, intervint Edna.

— Je sais, répondit Lemar avec une expression implorante. Comme vous le savez, mon fils cadet, Anson, a été blessé au cours de l'éruption. L'une de ses ailes a été brisée. Son symbiote a essayé de le guérir mais les dégâts étaient trop importants. Le temps que je le trouve, elle ne pouvait plus être soignée et une partie a dû être enlevée. Anson et son dragon sont extrêmement déprimés depuis que c'est arrivé. Je te serais éternellement redevable si tu pouvais lui parler, Christoff. Il ne veut écouter ni sa mère ni moi. Je... je comprends maintenant à quel point j'étais cruel avec toi enfant. Je comprendrais que tu dises non, mais s'il te plaît, je te supplie de ne pas blâmer mon fils pour le comportement de son père.

Christoff poussa un soupir résigné et se passa une main sur la nuque. Edna et lui avaient été submergés par les villageois âgés qui avaient été méchants avec lui quand il était jeune. Les femmes jetaient des regards envieux à Edna tandis que les hommes essayaient de gagner son pardon en l'aidant ou en lui apportant des outils. Tout ce qu'il voulait réellement, c'était qu'ils le laissent tranquille.

— Je parlerai avec Anson, marmonna-t-il en lançant un regard à Edna lui promettant qu'il se vengerait plus tard.

Le petit sourire entendu sur ses lèvres lui montra qu'elle n'était pas intimidée le moins du monde par son regard menaçant.

— Je lui montrerai comment il peut utiliser son symbiote pour l'aider.

— Je peux aussi lui parler, dit Edna en souriant. J'aurais aimé que ma petite-fille Crystal soit là. Elle saurait quoi dire.

— Merci, murmura Lemar avec gratitude. Merci.

— J'ai du travail qui m'attend. Tu peux partir maintenant ? demanda Christoff d'un ton abrupt, grimaçant quand Edna renifla.

— Oui, oui, à ce soir pour le dîner, répondit Lemar en reculant avant de tourner les talons. À ce soir, mon frère !

Christoff regarda son frère aîné se dépêcher de partir le long du chemin. Il secoua la tête avant de regarder Edna quand elle passa un bras autour de sa taille. Un sourire contraint se dessina sur ses lèvres quand il vit son expression implorante.

— Tu sais qu'on ne pourra plus jamais se débarrasser de lui maintenant, songea-t-il sur un ton accusateur.

— Je sais, dit-elle en riant. Il n'est pas si terrible que ça.

— Il est agaçant, grommela Christoff en la tournant dans ses bras avant de l'embrasser. J'ai un cadeau pour toi. Je n'ai pas eu l'occasion de t'en offrir à Noël.

Edna arqua un sourcil et lui sourit.

— Je trouve que tu m'as donné un merveilleux cadeau de Noël, le taquina-t-elle. Si je me souviens bien, j'étais agréablement épuisée.

— Celui-ci est différent, dit-il en lui prenant la main avant de la lever afin de pouvoir y glisser une bague. J'ai vu les anneaux aux doigts de ta fille et de Jack. Je leur ai demandé ce qu'ils signifiaient. Ils m'ont dit que c'était un symbole de leur engagement l'un envers l'autre. Je voulais t'offrir une bague pour te montrer mon amour et mon engagement, Edna. Je n'oublierai jamais ce que tu as abandonné pour être ici avec moi.

Edna fixa la bague qu'il glissait à son doigt. Elle était grosse. Elle était en or, des diamants l'entourant dans un style simple mais élégant. Elle pencha la tête quand il lui toucha doucement le menton.

— Je t'aime, ma compagne, pour l'éternité, murmura Christoff. Joyeux Noël.

— Oh, Christoff, murmura Edna en se penchant pour déposer un baiser léger sur ses lèvres. Tu ne savais pas ? Tu es mon cadeau. Le seul dont j'aurais jamais besoin. Je t'aime, mon compagnon.

Ni l'un ni l'autre ne vit la silhouette dorée et pâle qui les fixait dans l'embrasure de la porte de leur maison, arborant une expression ravie mais curieuse. Elle porta ses doigts aux pendentifs des dragons jumeaux à son cou. Ils étaient tombés de Christoff dans la grotte. Elle les avait découverts quand elle y était retournée afin de s'assurer qu'il avait son sac. Elle décida de les garder comme cadeau pour elle-même et se demanda comment cela ferait… de serrer rien qu'une fois quelqu'un dans ses bras comme Christoff éteignait Edna.

Secouant la tête face à ses pensées fantaisistes, Aikaterina soupira et s'effaça. Elle devait s'assurer que tout allait bien à la Ruche. Qui pouvait savoir ce qu'Arosa et Arilla avaient fait en son absence. Elles étaient presque aussi terribles qu'Amber et Jade, pensa-t-elle en ouvrant la porte qui la ramènerait chez elle.

Vous adorez cette série ? Voici les prochains tomes :

Le dragon de Pearl

Bestseller de la liste USA Today !

Pearl St. Claire vit une nouvelle aventure : apprendre à vivre sur une planète extraterrestre. En tant que femme mature dans la soixantaine, elle pensait avoir vécu à peu près tout ce que la vie pouvait lui offrir, seulement pour découvrir qu'elle n'avait en fait encore rien vécu ! Elle est à la fois amusée et exaspérée quand l'un des extraterrestres métamorphes dragons la kidnappe, croyant qu'elle est son âme sœur.

La vie n'est désormais plus ennuyeuse ou solitaire pour Asim qui courtise la charmante et fougueuse femme humaine, particulièrement lorsque des braconniers l'attaquent, déterminés à voler les créatures exotiques sous sa protection, dont Pearl et une nouvelle couvée d'œufs extraterrestres de la Terre.

L'amour de Jaguin

Melina n'est pas la seule à avoir été enlevée sur Terre ; quelqu'un a également enlevée Sara Wilson... pour lui sauver la vie. Le chemin pour se remettre d'une violence aussi extrême est long, mais elle ne l'affrontera pas seule. Après une vie passée à l'attendre, Jaguin est tout simplement reconnaissant qu'elle soit en vie et qu'elle soit là. Dans cette histoire torride d'amour et de réconfort, que faudra-t-il pour se libérer du passé ?

PLUS DE LIVRES ET D'INFORMATIONS

Si vous avez aimé cette histoire écrite par moi-même (S.E. Smith), laissez un commentaire !

Les séries

Science-Fiction/Romance

La série L'Alliance
Lorsque la Terre accueille ses premiers visiteurs venus de l'espace, la planète est plongée dans un chaos infernal. Les Trivators viennent pour ajouter la Terre à l'Alliance des Systèmes Solaires, mais à présent, ils sont forcés de prendre le contrôle de la Terre pour empêcher les humains de la détruire par peur, et pour les protéger des forces militantes d'autres mondes. Mais ils ne sont pas préparés pour faire face à la façon dont les humains vont affecter les Trivators, à commencer par une famille de trois sœurs...
La Conquête de Hunter (Tome 1)
Le Cœur traître de Razor (Tome 2)
L'Espoir de Dagger (Tome 3)
Un Défi pour Saber (Tome 4)
L'Emprise de Destin (Tome 5)

La folie d'Edge (Tome 6)

La série Les Seigneurs Dragons de Valdier

Tout commence lorsqu'un roi s'écrase sur Terre, grièvement blessé. Il découvre par inadvertance une espèce qui pourrait sauver la sienne.

L'Enlèvement d'Abby (Tome 1)

La Capture de Cara (Tome 2)

La traque de Trisha (Tome 3)

Un piège pour Ariel (Tome 4)

Pour l'amour de Tia (Tome 4.1)

Pas d'échappatoire pour Carmen (Tome 5)

La quête de Paul (Tome 6)

Dragons Jumeaux (Tome 7)

L'amour de Jaguin (Tome 8)

Le Noël du Vieux Dragon de la Montagne (Tome 9)

Le dragon de Pearl (Tome 10)

Les Guerriers Curizans

Les Curizan possèdent un secret, caché même à leurs plus proches alliés, mais même eux ne sont pas à l'abri de l'attraction d'une espèce peu connue d'une planète isolée appelée Terre.

La Chanson de Ha'ven

La série Les Guerriers Marastin Dow

Les Marastin Dow sont connus et craints pour leur cruauté, mais tous ne veulent pas vivre une vie de meurtre. Certains attendent seulement le bon moment pour s'échapper...

Le cœur d'une guerrière (Nouvelle)

La série Les Guerriers Sarafins

La famille St. Claire est peut-être légèrement ridicule, mais ils sont formidables. Ces extraterrestres métamorphes chat ne vont pas comprendre ce qui leur arrive !

Choisir Riley (Tome 1)

La Compagne rebelle de Viper (Tome 2)

La série Les Dragonnets de Valdier

*Les Valdier, les Sarafin et les Curizan ont des enfants qui ne peuvent s'empê-
cher de se fourrer dans les ennuis ! Il n'y a rien d'aussi mignon ou drôle que
des enfants magiques, qui changent de forme, et rien d'aussi réconfortant que
la famille.*
Le Noël Magique des Dragonnets
L'Halloween Hanté des Dragonnets

À paraître bientôt en français

Science-Fiction/Romance

Cosmos' Gateway Series
*Cosmos a créé un portail entre son laboratoire et les guerriers de Prime.
Découvrez de nouveaux mondes, de nouvelles espèces et des aventures scan-
daleuses au fur et à mesure que les secrets se dévoilent et que les ponts sont
franchis.*

Lords of Kassis Series
*Tout commence avec un enlèvement au hasard et un passager clandestin, et
pourtant, d'une certaine façon, les Kassiens savait que les humains vien-
draient depuis bien longtemps. Le destin de plus d'un monde est en jeu, et le
temps n'est pas toujours linéaire...*

Zion Warriors Series
*Des voyages dans le temps, de l'héroïsme épique, de l'amour plus fort que
tout. Des aventures de science-fiction avec du cœur et de l'âme, des rires et
des découvertes incroyables...*

Magic, New Mexico Series
*Au Nouveau Mexique, une petite ville nommée Magic, une ville... inhabi-
tuelle, c'est le moins que l'on puisse dire. Sans début et sans fin, jouant entre
les genres, auteurs et univers, l'hilarité et le drame se combinent pour vous
tenir en haleine !*

Paranormal/Fantaisie/Romance

Spirit Pass Series
Il existe une connexion physique entre deux temps. Suivez les histoires de ceux qui voyagent de l'un à l'autre. Ces westerns sont sauvages comme il se doit !

Second Chance Series
Des mondes autonomes mettant en scène une femme qui se souvient de sa propre mort. Ardents et mystérieux, ces livres voleront votre cœur.

More Than Human Series
Il y a longtemps, une guerre a fait rage sur Terre entre les métamorphes et les humains. Les humains ont perdu, et aujourd'hui, ils savent qu'ils courent à leur extinction s'ils ne font rien...

The Fairy Tale Series
Coup de théâtre pour vos contes de fées préférés !

A Seven Kingdoms Tale
Il y a longtemps, une étrange entité est venue aux Sept Royaumes pour les conquérir et se nourrir de leur force vitale. Elle a trouvé un hôte, et elle l'a combattu dans son corps pendant des siècles alors qu'elle était entourée de destruction et de dévastation. Notre histoire commence quand la fin est proche, et qu'un portail est ouvert...

Science-fiction épique/Aventure et action

Project Gliese 581G Series
Une équipe internationale quitte la Terre pour enquêter sur un mystérieux objet dans notre système solaire qui a clairement été fabriqué par quelqu'un, quelqu'un qui ne vient pas de la Terre. Parfois, nous sommes vraiment trop curieux pour notre propre bien. Découvrez de nouveaux mondes et des conflits dans une aventure de science-fiction qui deviendra votre préférée !

Nouveaux adultes/Jeunes adultes

Breaking Free Series
Makayla vole le voilier de son grand-père et embarque pour une aventure qui va remettre en cause tout ce en quoi elle a toujours cru sur elle-même.

The Dust Series
Dust se réveille pour découvrir que le monde tel qu'il l'a connu n'existe plus après que des fragments d'une comète aient frappés la Terre. Mais ce n'est pas la seule chose qui soit différente, Dust l'est aussi...

À PROPOS DE L'AUTEUR

S.E. Smith, *reconnue internationalement et nommée au New York Times et USA TODAY*, est une auteur à succès de science-fiction, romance, fantaisie, paranormal et d'œuvres contemporaines, pour adultes, jeunes adultes et enfants. Elle aime écrire une large variété de genres qui attirent les lecteurs dans des mondes qui les emportent.

Vous pouvez jeter un coup d'œil aux autres livres et vous inscrire à ma newsletter pour être informé de mes dernières publications à :

http://sesmithfl.com
http://sesmithya.com

Ou rester en contact grâce aux liens suivants :

http://sesmithfl.com/?s=newsletter
http://sesmithfl.com/blog/
http://www.sesmithromance.com/forum/
facebook.com/se.smith.5
twitter.com/sesmithfl
pinterest.com/sesmithfl